目次

第一話　腹巻楽多郎

一

冷たい朝の風の中に、ふと春の気配を感じ、紋七《もんしち》はその匂《にお》いを嗅《か》ぎ取ろうと、鼻をひくひくさせた。

鼻孔に入ってくる冷たい空気の中に、ほんの少し暖かさが潜んでいるような気がする。

「あんた、犬みたいな真似をするんじゃないよ。よその朝餉《あさげ》の匂いが、旨そうだからってさ」

障子を開けて、顔を出している紋七のうしろに、いつのまにか女房のおよしが立っていた。

「びっくりさせやがるんじゃねえ。朝餉の匂いなんて嗅いじゃいねえよ」

「どうだかさ。それより、お客さんだよ」

「客……こんな朝っぱらからかい」

玄関へ顔を出した紋七は、

「おや、井筒《いづつ》屋さんの番頭さんじゃござんせんか。いってえなんの用で」

五十絡みの痩《や》せた男に向かって言った。

「へえ。それがですね。うちの主人が大変心配していることがありまして、ちょっとご相談に乗っていただきたいのです。手間は取らせませんから、なにかのついでに、うちに寄っていただきたいと……」

「お安いご用でさ。飯をかっこんだら、すぐに行きやすからと、お伝えしておくんなせえ」

米問屋の主人は、真面目を絵に描いたような堅物である。心配ごとには、一も二もなく、駆けつけなければと、紋七は快諾した。

火縄の紋七は、北町奉行所定町廻り同心の友成《ともなり》恭《きょう》一郎《いちろう》から十手を預かっている岡っ引きで、数えで三十路を越えたばかりである。

女房のおよしは、髪結をしており、そのおかげで、紋七は商家などにたかることなく、お上のご用をすることができていた。

髪結は、客との世間話から、巷《ちまた》で起こるさまざまなこと、さらには、その裏話までも知ることがある。

およしが聞いた話が、紋七のご用に役立ったことも、かなりあった。

およしは、紋七よりも二つ下で、二人のあいだに子はない。

豆腐の味噌汁と沢庵で、急いで朝飼を済ますと、紋七は岩本町の米問屋井筒屋へと向かった。

間口十間《けん》の中堅の米問屋である井筒屋では、すでに使用人が忙しく立ち働いている。

紋七が店に入ると、すぐに座敷に通された。

やがて現われた主人の角右衛門《かくえもん》に、

「なにか、お店で、厄介ごとでもあるんですかい」

単刀直入に、紋七は訊《き》いた。

「いや、私やこの店のことではないのですよ。福之屋《ふくの》さんのことなのです」

番頭と同じく痩せて、歳は四十半ばの角右衛門は、声をひそめた。細面の小作りな顔が、心配りの細やかさとともに、小さいことを心配するタチであることを思わせる。

「福之屋さんてえと、隣の呉服屋じゃねえですかい。ご主人は、たしか清兵衛《せいべえ》さんでしたか」

「はい。まあ、放っておいてもよいのかもしれませんが、どうにも気になって仕方ないものでして」

奥歯に物が挟まったような言いようである。

「どうぞ、仰《おつしや》ってくだせえ。あっしに話したことは、決して外には漏らしやせんから」

「なに、そんな大げさなことではないのですがね。あとで大事になって、あのときなんにもしてあげなかったと後悔するのも嫌なので」

「ほう。清兵衛さんに、なにか剣呑《けんのん》なことでもありやすんで」

「いやいや、そうではないのですよ。清兵衛さんは、私が心配していることをご存じですが、なにも案ずることはありませんと、笑っておいでなのです」

「するってえと、角右衛門さんが勝手に案じているってえことでやすね」

「まあ、そうです。人さまのことに口を出すのも如何《いかが》なものかと、我慢しておりましたが、どうにも心配で仕方なく、こうして親分に来ていただいたというわけでして。ぜひとも内聞に……」

角右衛門の言葉に、紋七は、ぜったいに口外しないと、もういちど念を押し、先をうながした。

「先月になりますが、清兵衛さんは、若い者をひとりだけ連れて湯治に出かけました。二十日ほど経って、もうすぐお帰りかなというころ……いまから三日前のことですが、ひとりの妙なお武家を連れてお戻りになったんですよ」

角右衛門の店は、清兵衛の福之屋と並んで建っている。

夕方に所用があって、角右衛門が店を出たところ、清兵衛一行が帰ってくるのを見かけたのだという。

「歳のころは三十五、六でしょうか。ぼろぼろの小袖《こそで》に袴《はかま》姿で、手甲脚絆《てっこうきゃはん》も煮染《にし》めたように汚れていました」

中背で、肌は陽に灼《や》けて浅黒く、体つきは骨太で、月代《さかやき》は伸びたまま、眉毛はやけに太く、頬骨《ほおぼね》が高く、無精髭《ぶしょうひげ》は頬まで伸び放題で、

「まさに、むさ苦しいというのを絵に描いたようなお人なのです」

ただ、大きな丸い目がきょとんと見開かれ、茫洋《ぼうよう》とした雰囲気だが、どことなく愛《あい》嬌《きょう》がある。

角右衛門は、誰だろうと不審に思ったが、ともかく用を済ませようと足を急がせた。

そのうち、浪人のことは忘れてしまったのだが……。

「帰って来ると、清兵衛さんが土産を持ってきてくれたというので、お礼かたがた、旅の疲れを労《ねぎら》わせていただこうと、私のほうから福之屋さんにうかがったのですが……」

角右衛門を歓待してくれた清兵衛は、旅の疲れもないようで、酒でも酌み交わさないかと誘うのである。

紋七は、角右衛門とは、まるで違って、まるまると太って血色のよい清兵衛の顔を思い描いた。

角右衛門より年長で、五十に手が届こうかという歳である。

「旅の話もいろいろ聞きたかったこともあって、もちろん、ご一緒させていただくことにしました。そのとき、清兵衛さんが、客人も加わってよろしいかと訊くので、どのような方かと訊いたのです」

角右衛門の問いに、清兵衛は、旅の途次に出会い、窮地を救ってくれた武家だと言うのである。

角右衛門は、夕方、出掛けに見たむさ苦しい浪人者を思い出した。

どのような侍なのか興味もあるし、客人を断わる理由もとりたててない。そこで、夕餉は、清兵衛と角右衛門、そして、浪人者の三人が酒を酌み交わすことになったのである。

やがて、清兵衛と角右衛門のいる客間に現われた浪人者は、夕方のむさ苦しい格好ではなくなっていた。

パリッとした小袖に袴姿である。ただ、月代は伸びたままで、無精髭は一応剃ってあるが、毛が濃いせいで、頬から顎《あご》にかけて青々としている。

「こざっぱりした格好なのですが、どうにもそれが似合わなくて」

角右衛門は、浪人の格好を思い出して、苦笑いした。

濃い眉毛と、その下の垂れぎみの大きな丸い目に愛嬌はあるが、ピリッとした締まりに欠け、茫洋としたといえば聞こえはよいが、ともすると間が抜けたようにも見えるのである。

清兵衛は、角右衛門のことを浪人に紹介すると、

「このお方は、腹巻楽多郎《はらまきらくたろう》さまと仰って、私と美濃吉《みのきち》の恩人なのですよ」

美濃吉とは、清兵衛の湯治の供をした手代の名前だ。

「はらまき……さまですか」

角右衛門は、聞き慣れない苗字なので、つい聞き返す形になった。

「腹に巻く腹巻さまなんだそうです。服に巻くで、はらまきと読む方がいるとは聞いたことがあるのですがね。どちらにしても、お珍しいお名前でしょう。ねえ、腹巻さま」

訊かれた腹巻楽多郎は、丸い目をぐるりとまわして清兵衛を見ると、

「そうかな。あまり気にしたことはないのだが。あんたがそう言うのなら、珍しいのだろうなあ」

ひとごとのように言った。

声音は低く、どことなく優しげな口調である。

「お生まれはどこなので」

角右衛門が訊くと、

「腹巻さまは、みんなお忘れになったと仰るんですよ」

清兵衛が代わりに答え、角右衛門に目配せをした。

これ以上は訊いても無駄だという意味なのだろうか。

女中が酒と肴《さかな》を運んできたので、しばし酒を酌み合った。

「旨いのう。これはよい酒だなあ」

腹巻楽多郎は、一口呑むと、感に堪えないような声を出した。

「贔屓《ひいき》にしている酒問屋から運んでもらった酒です。どんどん召し上がってくださ
い」

「ありがたいことだなあ」

腹巻楽多郎は、満面に笑みを浮かべて清兵衛からの酌を受けている。

なんともおおらかな腹巻楽多郎の雰囲気に、角右衛門はふと疑問を持った。

（生まれなど忘れたということだが、言いたくないのではないか。それほど隠したい
過去があるということは……）

どうにも胡散《うさん》臭く思える。

（このおおらかさは、芝居ではないのだろうか……）

なぜか、そんな気がしてならない。

それは、雑多な人々がひしめく江戸に暮らす商人の勘なのかもしれず、はたまた人を見る目がすれてしまっているせいかもしれなかった。

「腹巻さまが、清兵衛さんと美濃吉の恩人だと仰ってましたが、どのようなことがあったのですか。旅の土産話として、私に話してはくれませんか」

なぜ、同じ江戸の商人である清兵衛が、こうも手放しで腹巻楽多郎を歓待しているのか、その理由を知りたくて、角右衛門は訊いた。

「もちろんもちろん。お話しするつもりですよ。まあ、その前に存分に食べて呑みましょう」

清兵衛が勧めるので、角右衛門は膳の上の鯛《たい》と鮪《まぐろ》の作り合わせから、鯛を一切れ口に運んだ。

こうした作り合わせは、普段は料亭などで出る料理である。清兵衛が奮発して作らせたのが分かる。

腹巻楽多郎はというと、

「なんとも旨そうでござるな」

いましも涎《よだれ》を垂らさんばかりに、膳の上のものをじっと見ている。

「腹巻さま、どんどん食べてください」

清兵衛が勧めるが、

「うむ……」

見ているばかりで、手をつけようとしない。

「どうされたのです。どこか具合でも……」

心配そうに訊く清兵衛に、

「いや、このように旨そうで、綺麗に並んでいる料理は、長いあいだ見たこともなかったのでな。この目にしかと焼き付けておこうと思ったのだ」

腹巻楽多郎は、真面目くさった口調で答えた。

「そう仰っていただけると、料理を作らせた甲斐《かい》があるというものですが、私どもは、これから毎晩、ご馳走《ちそう》したいと思っておるのでございますよ」

清兵衛の言葉に、角右衛門はおやっと思ったが、腹巻楽多郎も、驚いた表情で顔を上げ、

「なに、毎晩……いや、こんな贅沢《ぜいたく》なものを毎晩食べていては、食べられなくなったときが辛《つら》いではないか」

真剣な口調である。

「そんな心配はご無用です。いつまでも、当家にいてください。それが、私の願いなのですよ」

この言葉に、角右衛門はさらに驚いた。

そんなに恩を感じているのなら、なおさら旅の途次での出来事を知りたいと強く思ったのである。

「むう……そうでござるか。いや、まあ、そう言ってもらうと実に嬉《うれ》しいのだが……うむむむむ」

腹巻楽多郎は、しきりにうなっていたが、突然、意を決したように箸《はし》をつかむと、蕗《ふき》の薹《とう》の天麩羅《てんぷら》を口に入れた。

「う〰〰〰〰〰これは、なんとも……」

垂れぎみの目尻が、さらに垂れて、口許がほころんだ。

いかにも幸福そうなトロンとした顔になる。

それから石鰈《いしがれい》の煮つけ、蒟蒻《こんにゃく》の煮染めに手を出し、もぐもぐと噛《か》んで飲みこむ度に、にんまりと顔をほころばせるのである。

（こんなに料理を旨そうに食べる御仁も初めて見た……）

角右衛門は、腹巻楽多郎の食べる姿に、まるで子どものようだなと驚いた。

それは、清兵衛も同様で、腹巻楽多郎を微笑みながら見ている。

清兵衛は、旅の途次でも、楽多郎に旨いものを食べさせたのである。

楽多郎が、あまりに旨そうに食べるので、江戸に帰ったら、一流の料亭から旨いものを取り寄せようと企み、飛脚を使って、あらかじめ用意を整えさせていたのであった。

（それにしても、刺し身に手を出さないが、嫌いなのかな……）

角右衛門が思ったとき、楽多郎はふっと一息ついた。

「さてさて。刺し身を食べようかの。この色つやはなんともはや、実に旨そうだ。早くわしに食べてくれろと訴えているようだったが、わざと焦らしてやったのよ。いま、お前たちの念願を叶えてやろうかの」

楽多郎は、愛おしげな顔で刺し身に語りかけると、鮪の刺し身におろした山葵《わさび》をひとつまみ乗せた。

刺し身をたまり醤油に少しつけ、ゆっくりと口の中へと運んだ。

「んんん〰〰〰」

楽多郎は、目を瞑《つぶ》り、鮪を味わっているようだ。

やがて、猪口《ちょこ》の酒をちびりと嘗《な》めた。

「甘露甘露。もう死んでもよいですぞ」

清兵衛に向かって、にっこりと笑った。

晴れやかになった清兵衛の顔は、楽多郎の言葉に心底嬉しそうだった。

角右衛門は、この二人を見ていて、ひとり蚊帳《かや》の外にいるような気がした。

「失礼します」

湯上がりらしく、頬を上気させた女が座敷に入ってきて、角右衛門と楽多郎に挨拶《あいさつ》をした。清兵衛の女房おふじである。

ふっくらした太り肉《じし》で、愛嬌のある顔立ちをしている。清兵衛よりも三つ若く四十代の半ばすぎだと、角右衛門は聞いたことがある。

「お腹のほうは如何ですか。まだ、お料理を作らせましょうか」

おふじが、角右衛門と楽多郎に訊く。

角右衛門は、もうお腹いっぱいだと手を振り、楽多郎はというと、

「これだけで充分だ。あまりに旨いものを食いすぎると、腹が驚いてひっくり返ってしまうわ」

目を丸くして、大げさに言った。

「まあ、ご冗談を」

おふじは、さも面白そうに、おほほと笑った。すっかり清兵衛の言うことを信じているのか、楽多郎を好もしく思っているらしい。

「おみよは、どうしているのだ。ここに呼べぬか」

清兵衛が訊くと、

「あの子は、人見知りの上に、依怙地《いこじ》ですからねえ」

おふじは、眉をひそめて首を横に振った。

「わしは、若い娘の扱いかたを知らぬので、嫌がられているようだ。さきほどなぞ、鼻くそを取っていたら、汚いと言って凄《すご》い顔で睨《にら》まれたよ」

楽多郎は、頭をかいて笑った。

どうやら、今年十七になる娘のおみよは、楽多郎のことを快く思っていないようである。

二

「妙なお侍でやすね」

紋七は、まだ見たことのない楽多郎の風貌《ふうぼう》を、角右衛門の話から頭に思い浮かべていた。

目がぐりぐりと大きく、毛むくじゃらの顔が浮かんでいるが、少し大げさな気もしている。

「夕餉の宴のときは、面白いお人だなと思っただけなのですが」

「するってえと、そのあと……この三日のあいだに、不審なことでも」

「そうですねえ……その話をする前に、清兵衛さんたちが、腹巻楽多郎に助けられたという話をしておきましょう」

角右衛門は、ゆっくりと夕餉を楽しむ楽多郎を目の端に見ながら、清兵衛から旅の途次での出来事を聞いたのである。

その話を、なるべく忠実に、紋七に語って聞かせることにした。

箱根湯本の湯治場を朝早く出た清兵衛と美濃吉は、陽が落ちたあとに、ようやく小田原の宿に辿《たど》り着いた。

二十代も半ばの美濃吉はともかく、もう五十になろうかという清兵衛の足では、一日に長く歩けないのは仕方ないことだった。

宿場町には闇が垂れこめてはいるが、常夜灯が灯されているので、あたりは闇一色にはなっていない。

いろいろと宿を物色している余裕はないので、宿場の入り口近くにある旅籠《はたご》に泊まることに決めた。

丸安というその旅籠は、小田原宿の旅籠の中では中くらいほどの大きさで、部屋の数は十室ほどである。

さほど混んでもおらず、清兵衛と美濃吉は六畳の座敷に、相客なしで泊まることができた。

湯に入り、夕餉を済ませると、疲れがどっと出て、清兵衛はすぐに寝てしまった。美濃吉も、そのあとすぐに床に入った。

夜が更けて、清兵衛は小用を足したくなり、起き上がったのだが、隣の布団に美濃吉はいない。

掛け布団がめくれているところをみると、一旦寝て、清兵衛と同じように厠《かわや》へ立ったのだろうと思った。

部屋を出て廊下をひとつ曲がった先に厠はある。

清兵衛は、厠で用を足し、部屋へ戻った。美濃吉と会わなかったことが不思議だったが、厠の場所を間違えたのかくらいにしか思わなかった。

再び布団に横になろうとしたときである。

闇を突き破って、清兵衛の耳に女の悲鳴が響いた。

なにごとかと、清兵衛は立ったまま耳をすませた。

すると、また女の声が聞こえたが、今度は、

「誰か、誰か、助けてー」

という絶叫である。

清兵衛は、障子を開けて外へ出ようとして躊躇《ちゅうちょ》した。なにか禍々《まがまが》しいことが起きていることはたしかである。

（触らぬ神に祟《たた》りなし……）

そんな言葉が頭をよぎった。

まして、自分のような非力な老人がなんの役に立とうか……。だが、

（いまの声を聞いたのが、私ひとりだったら……）

いや、そんなことはない。闇をつんざく悲鳴と絶叫だったのだ。誰かほかに気づいた者がいるはずだと思いなおす。

美濃吉はどうしているのかと、ふと思った。

（まさか宿の中で迷子になっているわけでもないだろうが……）

早く誰か……美濃吉でもいいから、女を助けてくれと思っていると、ほどなく、どかどかと足音が聞こえ、なにやら怒鳴る男の声が聞こえてきた。

清兵衛は、これで安心した。すると、一刻も早く布団にもぐりこみたくなり、そのとおりにした。

美濃吉も騒ぎにかけつけているのかもしれない。いい大人なのだから、どうしてい

るのかと清兵衛が気づかうことではなかった。

だが、温かい布団にくるまっていても、眠気は襲ってこない。

さきほどの女の悲鳴と絶叫、男の怒鳴り声が耳から離れず、清兵衛の気を昂《たかぶ》らせていたのである。

男の怒鳴り声は聞こえなくなったが、遠くで何人もの男が話している声がざわざわと瀬音のように聞こえてくる。その中には、女の声も混じっているようだった。

昂って冴《さ》えていたはずの頭も、やがて朦朧《もうろう》としてきた。ふっと、眠りに誘いこまれたころである。

「もし、もし、お客さん……」

障子の外から、声がした。

はっと起き上がろうとすると、

「お休みになっているところを、相済みません」

障子が開き、手燭《てしょく》の灯が部屋に差し込んだ。

清兵衛は、眩《まぶ》しいので、かざした手で灯を遮りながら、上体を起こした。

「騒がしかったようですが、なにかあったのですか」

女の悲鳴を聞いたことは省いて訊いた。

「それがですね、お客さまのお連れが……」

ようやく宿の番頭の顔を、灯に慣れた清兵衛の目は認めることができた。三十半ばの温厚そうな顔である。

「美濃吉が？」

清兵衛は隣の布団を見た。布団ははねのけられたままで、依然として美濃吉は戻ってきてはいない。

「女のお客さまを、押して不義に及ぼうと……」

清兵衛は、最初、番頭の言葉の意味が飲みこめなかったが、やがて美濃吉が、女を手籠《てご》めにしようとして捕まったのだということが分かってきた。

「美濃吉がそんなことをするはずがない」

堅物中の堅物でとおっている美濃吉である。清兵衛は番頭に断言した。

「そうは仰っても、相手のお客さんが騒いでらっしゃるし、お連れさんは、なにも仰らずに黙ったままなのでして」

ついては、清兵衛にきてもらいたいと番頭は言った。

清兵衛は一も二もなくうなずくと、立ち上がった。

三

清兵衛は、宿の綿入れを着こむと、番頭に先導されて、奥まった一室へと連れて行かれた。

そこには、数人の男に囲まれて、正座をし、俯《うつむ》いて両膝の上で手を握りしめている美濃吉がいた。

「美濃吉！　いったいどうしたというんだい」

清兵衛が声をかけると、はっと顔を上げた美濃吉は、

「旦那さま、申し訳ありません。なにかの行き違いなのです」

切羽詰まった様子で、訴えかけてきた。

「そんなことはありません。あの人が、あの人が、あたしを……」

美濃吉をさえぎって、部屋の隅から甲高い声が響いた。

そこには、歳のころは二十五、六の女が座っていた。

行灯《あんどん》に浮かんだその顔は、目尻に小皺《こじわ》があるとはいえ、かなり器量のよい年増女である。

清兵衛が振り向くと、女は俯いてしまった。

「もうすぐ、宿場役人の旦那がお見えになりますから、掛かり合いのあるかたは、みんなお呼びしようと思ったものでして」

番頭の言葉に、女のそばに立っていた男が、清兵衛に近寄ってくると、

「私の連れが、あなたのお連れさんに、悪さをされたようなのですよ。幸い、大事には至らなくてよかったのですがね……」

小声で言った。

三十絡みの、やけにつるりとした肌の細面の男である。

「それは本当のことでしょうか」

思わず、清兵衛は訊いた。

美濃吉が堅物であることを、誰よりも知っているはずの清兵衛だからだ。

「私の連れを疑うと仰るのですか」

男はムッとした顔になった。

「いや、そういうわけではありませんが、思い違いがあるのではと……」

清兵衛の言葉に、さらに男がなにか言おうとしたのだが、どやどやと慌ただしい足音に、口をつぐんだ。

足音の主は、宿場役人たちだった。

瘦せぎすで、鷲《わし》鼻が目立つ役人は、寝ているところを起こされたせいで、不機嫌な顔つきをしている。

うしろには、これも眠そうな小者が二人ついていた。

「わしは、宿場の取り締まりを仰せつかっておる的場《まとば》宗一郎《そういちろう》という。なんでも、押して不義を図った輩《やから》がいると聞いたが……」

的場宗一郎は、じろりと周りを見まわした。

出世とは縁遠いが、けっこう小才のある四十男といった風情である。

「この男が、私の連れに……」

「そ、それは違います」

清兵衛に話しかけた男が言い差すと、美濃吉が必死に訴えた。

「ええい、お前らは黙っておれ」

的場は、いらだたしげに二人を遮ると、番頭に、

「お前が、知っていることを話せ」

と、命じた。

「はい。私は、つい小半刻《こはんとき》前に、なにか物凄い声を聞いて、目が覚めたのでございます。どうやら女の人の悲鳴ではないかと思い、これは大変だと、寝間を飛び出しました」

さらに、女を咎《とが》めるような声と、男の激した声が聞こえ、そちらのほうへ行くと、そこは、台所で、別々に泊まった客の男と女がおり、女は、衣服の胸元を掻《か》き合わせて、震えていたのだと言う。

「女のかたに言わせると、用を足しに厠へ行った帰りに、曲がる角を間違えて台所までやってきたところ、いきなり後ろからはがい締めに合い、大声で叫びながら振りほどいたそうなんです。男のかたは、ただ声をかけただけだと仰って」

番頭の言葉に、女と美濃吉がなにか言いそうになったが、的場が手で制し、

「では、順に話してもらおう。ほかの者は、声を出してはならぬぞ。まずは、乱暴されそうになったという……」

「おこんと申します」

的場に向かって、女は腰を浮かせ、中腰のまま頭を下げた。

「私は、江戸は茅場町の筆屋の娘で、番頭の田七と大坂へ参っておりました。その帰りでございます」

番頭が言ったとおりで、用を足しに厠へ行き、その帰りに間違って台所へ来てしまい、いきなり襲われたのだという。

「襲ってきたのは、あの男に違いありません」

おこんは、美濃吉を指差した。

「わ、私は……ただ、そう……み、水を飲もうと」

「とってつけた言い訳だな。女がひとりでいるのを見たから、台所までつけて、そこで襲おうと思ったのだろう」

さきほど清兵衛に話しかけた田七が、美濃吉に食ってかかる。

「そんなことはありません」

美濃吉は顔を真っ赤にする。

「こらこら、襲った襲わないと、両方が言い張っても埒《らち》はあかぬぞ。誰も見てはおらぬのだからな。とにかく、こういうことは穏便に済ませたほうがよい」

夜中に呼びだされた揚げ句、この先、詮議《せんぎ》となると面倒この上ない。女の勘違いで終わったら、それほどよいことはないと思っていたのである。

だが、女の態度はかたくななようなので、どうするか思案していた。

「穏やかにこの場をおさめるには、やはり金しかないであろう」

的場は、美濃吉を、そして清兵衛を見た。

「とんでもない。なんてことを言うんですか。私はなにもやってないのに」

美濃吉が血相を変えて怒鳴った。

「このままでは、お前の身の潔白は立たぬのだ。金でおさめねば、お前には牢に入ってもらうしかないのだ」

「そ、そんな……」

的場の言葉に、美濃吉はがっくりとうなだれた。

「美濃吉が手を出しているかいないかはともかく、まあ、大事には至らなかったわけですから、お金でなにもなかったことにしていただくのなら、私が出しましょう」

清兵衛が、おこんと田七に向かって言った。

「だ、旦那さま、そんなことをしてもらうわけには」

美濃吉は、泣きだしそうな顔になっている。

「いいんだ。そちらのほうが、お役人さまにも、ご迷惑をかけずにすませることができるというものだよ」

清兵衛は、的場に向き直ると、美濃吉の主人であること、江戸の岩本町で呉服屋を営んでいることを話した。

清兵衛は、おこんに金を出し、さらに的場にもいくらか包むつもりだった。それは的場も、勘定に入れているはずである。

「おこんとやら、無念な気持ちも分かるが、表沙汰《ざた》にしても利はないぞ。金を受け取って不問にしてはくれぬかな」

言葉とは裏腹に、にらみつけるような顔で的場が言った。

半ば、押しつけである。

「……はい。仕方ありませんから」

おこんは、悔しそうな顔をしたが、すんなりと応じた。

田七も、うなずいている。

「では、あとは、お前らで話し合え。番頭、なにもなかったことにするのだ。清兵衛とやら、あとは番頭にな。わしは帰るぞ」

的場は、思わせぶりな顔をして、清兵衛を見た。番頭に金を渡しておけということだろう。

清兵衛が、的場にうなずいたときである。

「ふあ〜っ」

部屋の隅の灯の届かぬあたりから、大きな欠伸《あくび》が聞こえた。

暗闇の中に、さらに暗い影が蠢《うごめ》く気配がする。

「まだ、誰かおるのか。誰だ」

部屋の隅に向かって、的場が声を放った。

「む……わしに言っておるのか」

もぞもぞと動く音がすると、やがて行灯の明かりの届くところに、ひとりのむさ苦しい浪人者が歩いて姿を現わした。

月代は伸び、無精髭が顔を覆い、袷《あわせ》も袴も薄汚いが、くりんと丸い目ばかりは生気を放っている。

「なんだ、おぬしは。ここにずっといたのか」

うさん臭そうな的場の問いに、

「あっ、お侍さん。断わったはずではないですか。なぜこんなところに」

宿の番頭が尖《とが》った声で遮った。

「そうだったのう。泊まらせてはくれなんだ。まあ、宿賃がないのだから、仕方なかったのだがな、あはは」

「笑いごとではありませんよ。勝手に入って、台所で寝てるなんて……的場さま、この浪人をしょっぴいてください」

口から泡を吹かさんばかりに怒った番頭が、的場に詰め寄った。

的場は、また面倒なことが起きたとばかりに、ちっと舌打ちすると、

「本当に金はないのか」

とりあえずといった面持ちで浪人に訊いた。

「うむ……ない。どこを探してもない。金を作ろうにも仕事がない。しようがないので、野宿しようとしたが、空きっ腹に夜風は、なお辛い。だから、土間でもなんでもよいから、寝かせてくれと頼んだのだが、慈悲もなにもなく、放り出される始末。こ

うなったら、ええいままよとばかりに、宿の者の目を盗んで忍びこんだ次第。誠に申し訳が立たぬが、まあ、これも凍え死なぬためと思って、許してくれ」

「か、勝手なことを。すぐに出て行ってもらいましょう。あんたが、外で凍え死のうと、こっちには掛かり合いのないことですから。あるいは、的場さまに、牢屋へ連れて行ってもらえばよいでしょう」

番頭の言葉に、的場は、面倒臭そうに顔をしかめた。

そのとき、美濃吉が、浪人に向かって、

「そ、そうだ。お武家さま、私と、この女のどちらの言い分が正しいか、見ていてご存じのはずじゃありませんか」

勢いこんで訊いた。

話を振り出しに戻されて、的場は顔をしかめた。

「ふむ……」

浪人は、板の間に座りこむと、顎に手をやった。

「こんな浪人の言うことなんて、当てにはなりませんぜ。しかも、いままで眠っていたようですし」

田七が、吐き捨てるように言う。

「そんなことはないなあ。屋根があるにしろ、布団も火の気もない、こんな板の間は寒いからのう。ぐっすりとは到底眠られない。嘘だと思ったら、おぬし、ここで寝てみるか」

浪人は、田七に向かって笑った。

「なにを、くだらないことを」

田七は、顔をそむけた。

「おぬし、見ていたのなら、この二人のどちらが正しいのか、はっきり申せ」

的場が、いらついて訊く。

「あんたは、早く家に帰って、あったかい布団に戻りたいのだな。その気持ち、痛いほど分かるよ。家があるっていいもんなのだろうなあ」

浪人は、にっと笑って的場を見た。

「御託を並べるな。早く申せ」

額に青筋を立てる的場に、

「朝まで引き延ばせば、外に追い出されずに済むと思っていたのだがなあ」

「馬鹿者！　朝まで待ってられるか」

的場の怒気に、

「おお、怖い……」

浪人は、肩をすくめた。

四

「わしはな、そこの隅でうつらうつらしておったのだ。すると、なんだかこう、かぐわしい香りが鼻の穴に入ってきおった。おやと思って目が覚めた。かぐわしい香りのおなごが近くにいることを感じたのだな」

浪人は、にやりと笑い、

「そこのおなごの香りだな。いいものだな、うむ」

鼻をくんくんとさせた。

「なにをやっておるのだ。ふざけるのもいい加減にしろ」

的場が怒鳴る。

「ふざけてはおらぬがな。それでだ、そこの隅で見ていると、なにやら、こそこそとそのおなごがやっておる。なにをやっておるのかと思ったら、財布の中から金を出して勘定をしておった」

「な、なにを仰るんですか、なんで私が、こんなところで」

血相を変えたおこんが、立ち上がって言った。

「この浪人の言うことは、まったく当てにはなりませんぜ。お嬢さまが、金勘定を、こそこそとこんなところでするわけがないでしょう」

田七が浪人に食ってかかる。

「待て。とにかく話を聞こう。この浪人が嘘をついても詮のないことだ」

的場が、田七を遮った。

「そ、そんな……」

「ただ、頭がおかしいのかもしれんが」

「そ、そうですよ。そうに決まってます」

的場の言葉に、田七が激しくうなずいた。

「わしの頭がおかしいのか……まあ、そうかもしれないが、見たことは嘘ではない。

その財布は、ほれ、そこの漬け物の樽《たる》の間に放りこんでおったぞ」

浪人の指差すところには、大きな樽が二つ並んで置いてあった。

的場が、小者に命じて、樽の間に手を入れさせた。

清兵衛は、おこんと田七をうかがった。二人とも、表情は変えないが、顔面が白くなっているように感じられた。

「おっ、なんかありやす」

小者が、手を引っ張りだすと、派手な柄の財布が握られていた。金糸で波の模様が刺繍《ししゅう》してあった。

「中身は空だな」

財布を手渡された的場が中をたしかめて言った。

「そんなもの、私は知りません」

ひきつった顔のおこんは、堅い口調で言った。

「この浪人が自分で入れたものですよ。なんだか知らないが、この人は、私たちを陥《おとしい》れようとしている」

田七が、浪人を指差して言い放つ。

「まあ、財布があったからといって、いま調べている件とは掛かり合いのないことだ。つづきを聞こうではないか」

的場の言葉は、財布が実際にあったことで、浪人の話に耳を傾けようという姿勢が強くなっていることをうかがわせた。

「財布の中の金は、どこに行ったのか、まあそれも掛かり合いがないということなのだろうから、端折《はしょ》って話すぞ。その若いのが、足音を立てずに、すっと入ってくると、おなごのうしろに立ったのだ」

美濃吉を浪人は指差した。

「……で、この女を襲ったのか」

「うんにゃ。ただボーッと立っておった。それに気づいた女がギョッとして、思わず声を上げたのだ」

「悲鳴だな」

「いや、うわっとかなんとか、そんなものだな」

「どういうことだ」

「その声で、今度は男のほうが驚いた。ギャッと言って跳び上がったと思ったら、お化けと言った」

「お化け？」

「そうだよ。そう言ってしばらくして、女のほうがすんごい悲鳴を上げおったのだ。これには、わしもたまげた。物凄い声で耳がおかしくなるかと思ったぞ」

その声で、どやどやと番頭以下、店の者がやってきて、騒ぎになったのだそうである。

「おぬし、なぜ、潜んだまま出てこなかったのだ」

「なにせ、うつらうつらしか寝ておらんのでな。また眠くなってしもうて、とろとろと寝ておった。すると、あんたの怒鳴る声がうるさくて、また目が覚めてしもうたのよ」

浪人は、的場に言うと、また大きな欠伸をした。

「ふざけた男だ、まったく……だが、両方のどちらにも与《くみ》しないおぬしの言うことがおそらく正しいのだろう」

「そ、そんな……私は本当に襲われたのです」

おこんが言い張ると、

「とは言っても、見ていた浪人がこう申しておる。たしかめる術《すべ》はないのだから、勘違いということにしてもらおう。こうなれば、この美濃吉と、主人から金を受け取るのはお門違いということになるの。では、わしは……」

御免とばかりに、帰ろうとしたが、

「いや、待て待て。たしかめねばならぬことがもうひとつあったな。おい、女、財布から出した金はどこへやったのだ。その前に、その財布は誰のもんだ」

的場はおこんを見た。

「わ、私は知りません。みんな、お侍さんの嘘ですよ」

「だが、財布はあったではないか」

「だから、それはそのお侍さんが自分で……」

「おぬし、わざと財布を樽の間に置いたのか」

的場は、浪人を見る。

「わしがそんな上等な財布を持っているわけがないのだがなあ」

浪人に言われて、的場は手にまだ持っていた財布を改めて見た。

金糸の刺繍がしてあり、新しいものだ。

「そのご浪人さんが、どこかから盗んで、中のものを奪い、捨てたのではないでしょうか」

田七が寄ってくると、的場に囁《ささや》いた。

「ふむ……だがなあ、盗んで捨てたとしたなら、わざわざそれを言うかな。それこそ、自分で自分の首を絞めることになるではないか」

「役人、なかなかできておるな。そのとおりだ。その男、下衆《げす》の勘繰りをしておるようだぞ」

「おぬし、地獄耳だな」

的場が、浪人を見てにやりと笑った。

どうやら、的場はこのうさん臭い浪人に、好感というほどではないにしても、嫌な気持ちは抱いていないようである。

「おこんとやら、正直に話してもらおうか」

的場はおこんに詰め寄った。

「わ、私は嘘なんて……」

身を投げ出すようにして板の間に顔を伏せ、わっと泣きだしてしまった。

苦り切った表情で、的場は泣いているおこんを見ている。

そのときである。

「あのう、番頭さん」

遠慮がちな声がした。

髷《まげ》も小鬢《こびん》も白髪の勝った初老の商人らしき男が、廊下から台所を覗《のぞ》いている。

「あ、お客さん。なんでしょう」

番頭が、男に近づいて訊いた。

「お役人さまもいらっしゃるので、声をかけたんですけどね。私の財布がなくなってしまったんですよ。寝る前にはたしかにあったんですがね」

「財布というと……どんなものですか」

「金の糸で、波の模様が刺繍してあるのですがね」

「ひょっとしてこれか」

的場が、財布を老人に見えるようにかざした。

「あ、それ、それです」

老人は喜びも束の間、

「中身は入っておらんぞ」

的場の言葉に、途端に悄気《しょげ》返った。

「そうだ、浪人、おぬし、この女が金をどうしたか見たのではなかったか」

的場は浪人を振り向いた。

「……ん？」

浪人は突っ伏した顔を上げ、目をごしごしとこすった。

「おぬし、寝ておったのか」

呆《あき》れた声の的場に、

「もう遅いからな。しかも、追い出されるに違いないから、いまのうちに寝ておこうと思ったまでよ」

言い訳とも本音ともつかぬことを、浪人は言う。

「で、金だが」

「おお、金を女がどうしたか、訊きたくなったのか。そりゃ、もちろん懐中にしまった……と言いたいところだが、妙なことをしておったぞ」

「妙なこととは……」

「懐中ではなく、背中だ」

浪人は、おこんが背中の襟《えり》元から、金を押し込んだと言うのである。

「これ以上、お嬢さんを愚弄《ぐろう》すると、許しませんよ」

田七が、憤然として言い放つ。

おこんは、いまだ顔を伏せて泣き崩れたままである。

「よく泣く女だなあ。嘘泣きも大変だろうて。お役人、腕が立ちそうだから、ここは刀を抜いて一閃《いっせん》、この女の着物をはらりと二つにしてはくれまいか」

刀を振る所作をして、浪人は的場に笑いかけた。

「そんな技は持っておらぬ。おぬしはどうだ」

やり返す的場に、

「わしとて、そんな離れ業はできぬ相談だが……」

つと、浪人は立ち上がると、脇差を抜いた。

「な、なにをなさるんですか」

田七があわてて、おこんと浪人の間に割って入ろうとするのを、的場が腕をつかんで止めた。

「この脇差、よく切れるのだよ」

浪人は、脇差を逆手に持ちかえると、泣き伏しているおこんの襟元に、その切っ先をあてがい、

「むん！」

掛け声とともに、引いた。

すっぱり、おこんの着物の背中が割れ、ちゃりんちゃりんと銭貨が流れ出るように落ちてきた。


清兵衛は、美濃吉を救ってくれたお礼にと、浪人の宿賃を持つと申し出た。

これに、浪人はひどく喜び、清兵衛の手を取らんばかりだった。

用意された部屋に浪人が移ると、清兵衛は酒肴《しゅこう》を持ってこさせた。

深夜だが、騒ぎがおさまったことへの礼ということで、宿に無理を通させたのである。

燗酒《かんざけ》と香の物、残り物の煮染めだけではあるが、空きっ腹だという浪人は、実に幸せそうな笑顔を見せた。

「ところで、お侍さまのお名前をうかがっていないのですが、よろしければ、教えていただけないでしょうか」

清兵衛は、酒を旨そうに呑んでいる浪人に訊いた。

「わしの名前か……」

浪人は、ふと顔を上げ、あたりを見まわすと、

「はらまき……」

「えっ？」

「腹巻だ。腹巻……楽多郎と申す。ほれ、腹を冷やさないための腹巻で、名前は、楽が多い楽多郎だ。うむ、いい名前だ」

浪人は、口の中で、もういちど、

「腹巻楽多郎……うむ」

つぶやいて、にっこりと笑ったものである。

清兵衛が、部屋を辞するときに、衣桁《いこう》にかかっているものに気がついた。

急に部屋を用意したので、店の者が仕舞い忘れたものがそのままになっていたようである。

それは、鼠《ねずみ》色をした腹巻であった。

五

「へえ……そりゃ、嘘の名前じゃございませんか」

紋七が角右衛門に眉をひそめて言った。

「それは、当然ですが、清兵衛さんも気づいてました。なにか事情がおありなのだろうと、納得しているようなのですがねえ」

「なんにせよ、わけありってわけで、剣呑じゃねえですか」

「そうなんですよ。ですが、清兵衛さん、腹巻楽多郎にぞっこんで、遠まわしに注意しても、まったく意に介さないのです。まあ、美濃吉さんをあざやかな手際で救ったともいえますから、それを恩に着るというのも分かりますが……」

「ふうむ……」

「それと、美濃吉さんの病を言い当てたこともあるそうなんですけどね」

「病？」

「ええ、台所で女のうしろにボーッと立ってたそうなんですが、それは女が金を盗んでいたことが分かったので、なぜそこに美濃吉さんがいたのかは有耶無耶《うやむや》になってしまいました。お役人が、そこは問いたださなかったからなのですが」

「で、なんの病なんで？」

「それが……」

清兵衛は、腹巻楽多郎の部屋を辞そうとしたとき、

「あんたのところの若いの……名前は美濃吉と言ったかの」

楽多郎に問いかけられた。

「はい。もう十年、私の店で働いている実直な男ですが」

「なぜ台所にきたのか、美濃吉は覚えてないだろう。なぜ台所にいたのか訊かれ、しどろもどろだったのはそのせいだと思うのだ」

「でも、なぜ美濃吉は……？」

「わしはよく知らぬが、あちこち旅していると、いろんなことが耳に聞こえてくるものでな。夜中に本人も知らずに歩きだし、うろついたあげくに戻ってきて、また眠る。

で、翌朝、そんなことはまったく覚えてないということがあるそうなのだ」

「美濃吉もそうだと……」

「うむ」

「それは、なにかの病なのでしょうか」

「はっきりとは分からん。なぜそうなるのかもな。だが、悪さをすることはないそうだ。ただ歩きまわったり、ときには水を飲んだりするそうだが」

「お医者に見せたほうがよいでしょうか」

「いやあ、そこらへんの普通の医者は、そんな病のことなぞ、そもそも知らぬだろう。わしは、長崎帰りの蘭方医《らんぽう》に聞いたのだが、治す方法は知らないと言っておった」

「はあ、そうですか」

「だが、そうした病があることを知っているだけでも、だいぶ違うだろう」

「……そうですね。今度のことも、なぜ美濃吉が夜更けにうろついていたか、分かります。あっ、そういえば……」

清兵衛は、湯治に行っているあいだに、なんどか美濃吉の布団が空なのを見た覚えがあるのを思い出した。

いずれも、厠に立っているのだろうと思い、眠る前にあまり水を飲んではいけないと美濃吉に言ったのである。

美濃吉のほうは、分かりましたと答えてはいたが、腑《ふ》に落ちない顔をしていたのである。

厠へ立った覚えもないし、眠る前に水をさほど飲んでもいないのだろう。

ただ、旦那さまの言うことだからと、素直に答えたまでではないか。

「腹巻さまのおかげで、美濃吉のことが分かりました。本人にも話しておきましょう」

清兵衛は、それで部屋を辞したのだが、楽多郎は宿賃を立て替えてくれたことと、酒肴の礼を言うと、

「台所の隅で寝ておっただけで、こんな僥倖《ぎょうこう》に与《あずか》れるとは、幸運であったなあ。それもこれも、美濃吉の寝歩きのおかげだの」

さも嬉しそうに、うははと笑った。

「寝歩きですかい……子どもが、そうしたことをするってえのは、聞いたことがあり

やすが、大の大人もだとは、知りやせんでしたぜ」

「紋七親分もですか。私も聞いたことはなかったのですが、清兵衛さんは、これで合点が行ったそうで……清兵衛さんは、気にかけてなかったそうですが、夜更けに店の中で、美濃吉さんを見かけたという者が何人もいて、それを美濃吉さんは覚えがないという。それで、どうもおかしいと噂になっていたそうなんです。病ならば店の者たちも納得するだろうと喜んでいました」

「なるほど……まあ、諸国を歩きまわっている浪人なら、いろんなことを知っていてもおかしくはねえです。だが、それで江戸まで連れてくるってのは……」

「そうなんですよ。それとなく訊いてみると、翌朝、出立前に挨拶に行ったそうなんですがね……」


清兵衛が旅支度を整えて、楽多郎の部屋の前で声をかけると、

「おお、早いの……」

もぞもぞと起き出す音がした。

「まだお休みだとは知らず、失礼いたしました」

清兵衛は、慌てたが、

「いやいや、声をかけてくれねばいつまでも眠っておるから、ちょうどよかったのだよ。襖《ふすま》を開けてくだされ」

楽多郎は言うなり、大きな欠伸をした。

清兵衛が襖を開け、布団に上体を起こしたままの楽多郎に、改めて昨夜の礼と、これから出立することを伝えると、

「おお、なれば、これでお別れだの。気をつけたほうがよいぞ。とくに、おなごにはな」

楽多郎は、にやりとイタズラっぽい笑みを浮かべた。

「おなごですか……ご冗談を。歳も歳ですから、女難はないでしょう」

金子を盗まれるとか、足を挫《くじ》くとかなら分かるが、古女房のおふじだけでも持て余している清兵衛には、女はまったく無縁と思えたからである。

「それも、そうだな。あははは」

楽多郎は、頭をかきながら笑った。

宿を立った清兵衛と美濃吉は、澄んだ冬の空の下、身を切るような冷たい海風に吹かれながら、大磯を通過した。

そして、平塚の馬入川《ばにゅう》に着いたときには、陽は中天にあった。

船渡しは混雑していたので、とりあえず茶店に入り、宿で用意させた握り飯を食べることにした。

握り飯を頬張りはじめたときである。

旅姿の娘が、茶店に駆けこんできた。

「お助けくださいまし」

清兵衛の腕をつかみ、懇願する。

見れば、十七、八の細面の娘で、なかなか綺麗な顔立ちだ。

「いったい、どうした……」

清兵衛がわけを訊こうと口を開いたとき、一人の巨漢が茶店にぬうっと入ってきた。

笠を被り、合羽を羽織った俠客《きょうかく》風のヤクザ者である。

「およね、逃げても無駄だぜ」

笠を取ると、顎が尖り、頬骨が異様に張った顔が現われた。二十歳を越えたほどの若い男である。

娘は、清兵衛の袖をきつく握り、背後に隠れるようにして震えている。

茶店には、清兵衛と美濃吉のほか、二人の商人風の客がいたが、そそくさと立ち上がって店を出て行こうとしている。

「なにがあったのか知りませんが、娘さんを怖がらせてはいけませんね」

清兵衛が落ち着いた声で諫《いさ》めるように言った。

「なにを抜かしやがる。この娘は、俺の女だ」

ヤクザ者は、問答無用とばかりに、清兵衛の背後の娘に手を伸ばした。

「い、いやです」

娘は、清兵衛の背中に隠れようとする。

「止《や》めてください」

美濃吉が、立ち上がって、ヤクザ者の前に立ちふさがった。

「邪魔だ」

ヤクザ者に腹を殴られ、ぐっと呻《うめ》いて、美濃吉がへなへなと膝をついた。

「お前も邪魔だ」

ヤクザ者は清兵衛の胸ぐらをつかむと、真横に投げ飛ばした。

どたっと清兵衛は倒れこんだ。

「やめて！」

叫んだ娘を、ヤクザ者が、

「このアマ！」

力まかせにひっぱたき、娘は、起き上がろうとしている清兵衛に、折り重なって倒れこんだ。

娘は気を失ったのか、清兵衛の上で動かない。清兵衛は、娘が意外に重いので、下敷きになったままである。

「どうした」

「なんだなんだ」

男たちの声が聞こえた。渡し人足たちが、騒ぎを聞いて駆けつけようとしているようだ。

「ちっ」

ヤクザ者は舌打ちすると、茶屋から飛び出して行った。

「う～ん」

娘は気がつくと、

「ご、御免なさい」

あわてて清兵衛の上から起き上がった。

「いえいえ、怪我はありませんか」

「はい、大丈夫です。助かりました」

娘は、清兵衛に頭を下げた。

美濃吉も、腹を押さえて立ち上がっている。

どやどやと茶屋に入っていた渡し人足たちは、騒ぎの主のヤクザ者が逃げたと知り、また仕事に戻って行った。

「あの男、また来るかもしれません。私たちと一緒に船に乗りなさらんか」

清兵衛が気づかって言うと、

「いえ、私は、さきほど船で渡ってきたので、戻ることになってしまいますので
……」

「ああ、そうですか……」

このとき、清兵衛は、娘が自分たちの来た道からやってきたように感じていたのだが、勘違いだったのかと思った。

「では、私はこれで」

娘が会釈して行こうとするので、

「さきほどの男が待ち伏せしているかもしれませんよ。もう少しここで様子をうかがっていてはどうでしょう。私どもも、おつき合いしますので」

清兵衛は、娘の身が案じられて仕方なかった。

「は、はい……」

娘は、道を急いでいるのか、迷っていたが、

「もうそこまで迎えの者が来ているはずですから。本当に助かりました」

早口に言うと、また会釈をして、茶屋から出て行った。

「あ……」

迎えの者がくるのなら、それまで待ちなさいと言うつもりだったが、言葉を発する前に娘に行かれてしまった。

「ずいぶん急いでいなさるのだな」

清兵衛のつぶやきに、美濃吉がうなずいた。

「さて、私たちは船に乗ろうかの」

清兵衛は立ち上がると、船賃を用意しようと懐に手を入れた。

「ん……？」

懐にあるはずの財布がないことに気がついた。

さきほどの騒ぎで落したのかと、周りを探してみるが、財布はない。

「旦那さま、さきほどのあの娘……旦那さまの上に倒れてましたが」

美濃吉は、そのときに掏《す》られたのではないかと言う。

「まさか……」

娘の整った清楚《せいそ》な顔を思い出し、清兵衛は、そんなはずはないと思った。

「あっ！」

美濃吉が頓狂な声を上げた。

「びっくりするじゃないか。いったいどうしたというんだい」

清兵衛の問いに、

「あのご浪人が……腹巻楽多郎さまが、旦那さまには、女難の相があると」

目を丸くして、美濃吉は言った。

「いまのがそうだと言うのかい？　こじつけもいい加減にしなさい」

清兵衛は、美濃吉を咎めつつ、胸騒ぎがした。

六

船の渡し賃は、美濃吉が持っている金で足りる。

だが、その夜の宿賃までは心もとない。

とりあえず、宿に着いたら、飛脚を店に走らせて、金を届けさせようという算段をした。

そのためには、二日か三日、余計に宿に留《とど》まっていなければならないが、それも仕方ないことだ。

船に乗るための行列に並び、ようやく自分たちの番になったときである。

「おーい、呉服屋」

呼び止める声が聞こえてきた。

振り返ると、今朝、宿で別れの挨拶をした腹巻楽多郎が、大刀を肩に背負って、ひょこひょこと走ってくるのが見えた。

「船に乗るのは、ちと待たれい」

楽多郎が、さらに声をかける。

清兵衛は、美濃吉をうながして、列から離れた。

「いやいや、間に合ってよかった。金がないのに船には乗られまい。恥をかかずに済んでよかったぞ」

走り寄ってきた楽多郎は、

「金がないこと、図星であろう」

得意気に言った。

「船賃くらいは、私が持っておりますので」

美濃吉が遠慮がちに言う。

「な、なんだ、そうであったか！　ならば、こんなに急ぐことはなかったの。走って損したぞ」

額の汗を拭《ぬぐ》いながら、楽多郎は苦笑した。

「しかし、なんで腹巻さまが、金がないことをご存じなので？」

清兵衛が不思議そうな顔で問い、美濃吉はというと、

「旦那さまが女難に遭われたのですよ。お金のことも見抜いてらしたのでしょうか？」

先走って言った。

「これ、美濃吉、まだ盗まれたと決まったわけではないぞ」

清兵衛がたしなめたが、

「そうそう、女難だったな。綺麗で品のよい娘に、色仕掛けで金を取られたのかな。この助平親爺」

楽多郎が、清兵衛を見て、ニヤリと笑った。

「す、助平親爺？」

「な、なんということを、旦那さまに言うのです」

いきりたつ美濃吉を、

「まあまあ、私も助平と思われるだけで若返る気がするものだ。ところで、腹巻さまは、なぜ私どもを呼び止められたので？　お金がないこともご存じのようで、いった

い……」

清兵衛は、楽多郎の顔をまじまじと見た。

「おお、そうだ。これを渡そうと思ってな」

楽多郎は懐から取りだしたものを、清兵衛に渡した。

「こ、これは……！」

それは、清兵衛がなくしたはずの財布だった。

「中身もちゃんとあるはずだ」

清兵衛が、財布の中を見たが、なくしたときのままである。

「なぜ、腹巻さまが持ってらっしゃるのでしょう？」

「走って、喉《のど》が渇いた。船はまだあとでもよいだろう。雨の降り出す気配はないからの」

ゆっくりと話を聞くために、清兵衛はさきほどと同じ茶屋に戻ることにしたのである。

茶を旨そうにズズッとすすった腹巻楽多郎は、

「女難の相があると申したな。わしの勘が当たったことになるのだが、なに、ちょっと気になったことがあっただけのことで、そのときは、思い過ごしだろうと思って、おぬしには話さなんだのだ」

話せばよかったと、頭をぽりぽりとかく。

「気になったことというのは？」

清兵衛が先をうながす。

「わしは、野宿を免れるために、なんとか旅籠に忍びこめんものかと、物陰に隠れて旅籠を見ておったのだ。まるで、盗っ人みたいだがの」

自嘲《じちょう》気味にがははと笑うと、

「そうしていると、おぬしらが旅籠に入るのが目に入った。ずいぶん羽振りの良さそうな……おそらく大店《おおだな》の主人と連れだろうと踏んだのだが、そのときな、おぬしらをじっと見ている者どもに気がついたのだ」

それが、年若い娘とヤクザ者だったという。

そのことが頭にあって、つい女難の相があると言ってみたそうだ。

「ヤクザ者……ですと」

驚く清兵衛に、

「うむ。さきほど、わしがのんびり歩いておると、その娘とヤクザ者がにたにた笑ってこっちに歩いてくるではないか。また宿場に戻るのかと不思議だったのだが、してやったりといった顔つきに、なにかあると思ってな」

二人をやり過ごしてから、密《ひそ》かにあとをつけたのだという。

すると、二人は、道の脇に入り、なにやらごそごそとやっている。

気配を消して、二人に近づいた楽多郎は、ずっしり重そうな財布の中身をたしかめているのを目にした。

「あの爺さん、まったく気づかなかったよ。でもさ、本気で殴ることはないだろう。いまでも頰っぺたが痛いよ」

「手加減したら、ばれるかもしれねえじゃねえか」

そんなことを言いながら、金を数えている。

これで、金を盗んだのだということが分かった。

「なんでも、あの爺さん、江戸の大きな呉服屋の主人らしいって、旅籠の下働きの子が言ってたよ」

「俺の狙いはたしかだろ。旅籠に入っていくところを見て、ぴんときたのさ」

「誰だって、金持ちだってことは分かると思うけどさ」

呉服屋の主人といえば、まさに清兵衛のことだと楽多郎は確信を持った。江戸の店のことは清兵衛から聞いており、近くにきたときは、寄ってくれと言われていたのである。

「あのな、お前たち、その金は爺さんに返してくれ」

いきなりぬっと顔を出した楽多郎に、娘もヤクザ者も驚いて、跳ねるように立ち上がった。

「な、なんだ、てめえ」

長匕首《ながどす》を抜いて、ヤクザ者は、楽多郎に斬《き》りかかった。

楽多郎は、ゆらりと動いて長匕首を躱《かわ》し、ヤクザ者に当て身を食らわせた。

「うっ」

ヤクザ者が倒れこんだので、娘はあわてて財布をつかむと、逃げ出そうとしたのだが、

「これこれ」

いつのまに背後にきたのか、楽多郎が帯の間に手を入れて引っ張っていた。

「金を返せば、なにもせぬぞ」

娘は、観念して、財布を楽多郎に渡した。

「こんなことをしていると、いつか怪我をするからの。気をつけるのだぞ」

言い置いて、楽多郎は踵《きびす》を返した。

「あんた、しっかりおしよ」

娘が、ヤクザ者を抱き起こし、声をかけているのが、楽多郎の耳に入った。

「どうやら、あの二人は、夫婦か、それに似たような者たちだったようだ」

「やはり、美濃吉の言うとおり、掏られたようですな。ヤクザ者は、私を転がして、その私に娘をぶつけるように倒したわけでしょう。そのときに、懐の財布を取られたのでしょうが、まったく気がつきませんでした」

用心するには、きつく巻いた晒《さらし》の中に財布とは別に金を入れておくものだが、清兵衛ほどになると、金の融通はいつでも利くという気から、備えがおろそかになるのだと言った。

「ですが、それは横着することの言い訳かもしれません。これからはもっと用心することにします」

「それはよい心がけだ。では、船に乗るか。ひとつ願いがあるのだが」

「はい、なんでも仰ってください」

「船賃だが、払ってくれはせぬだろうか。おぬしに礼だと言ってもらった金だがの、なくしてしまったのだ」

「へ……それはまたどうして。腹巻さまほどのおかたが、私のように掏摸《すり》に遭われたわけではないでしょうに」

「実はな……」

理由を聞いた清兵衛は、

「よいでしょう。船賃は私がお払いします」

快く請け合った。

楽多郎は、持ち金すべてを、宿場町の花売りの娘に渡したのだそうである。

「その娘、母親が病気のようでな。その医者代に困っておったのだ」

「その娘の言うことは、本当なのですか」

横合いから美濃吉が、首をかしげて訊いたが、

「本当なのだ。わしは騙《だま》されてはおらぬぞ。その娘のな、手を見れば分かるのだ。嘘をついている手ではなかったぞ」

「手ですか……目ではなく」

清兵衛の問いに、

「もちろん目も見るが、あの娘は、手が嘘ではないと言っておったのだ。娘の手は荒れておった。脇目もふらずに、洗濯だの掃除だの、小金を稼ぐために働いている手をしておった。わしは、娘は嘘をついてないと思ったが、万が一、それが嘘でも仕方ない。騙されたわしが悪いが、誰にも迷惑はかけておらぬからな……あ、いや、おぬしに船賃を出させているから、迷惑をかけているか」

「ははは、それくらいは迷惑のうちには入りません」

清兵衛は笑いながら、楽多郎の思い切った振る舞いに、感銘を受けていたのである。

角右衛門は、紋七に渡し場のところまで話し終えると、

「清兵衛さんは、普通はなかなかそのようなことはできないと言うのですよ。可哀相な娘に、いくらか恵んであげるとしても、己のために金を残すものだと。それが、思

い切りのよいことに、有り金全部を上げてしまうのが、腹巻さまだと。それで、すっからかんになったら、また旅籠に潜りこむ算段でもするのが、腹巻さまなのだと……愉快そうに笑っておりました」

この話をどう思うか訊いた。

「さあて……なんだか、うさん臭いような気がしやすね。掏摸の娘とヤクザ者が、清兵衛さんの財布を盗んで、それを腹巻ってえ浪人が取り返したのは本当のようでやすが、ひょっとしたら、二人の盗みの企みを聞いていて、わざとあとで金を取り返し、清兵衛さんに恩を売った……って、ことかもしれやせんぜ」

「そう思いますか……」

「あ、いや、そういうこともあるかもしれねえって思ったまでで、うがちすぎってこともありそうでやす。で、なんですかい、それだけのことで、清兵衛さんは、腹巻の面倒を見ようと思ったんでやすかい」

「それだけではないそうですよ。川崎宿でのことだそうですが……」

川崎宿に着くと、すぐ近くだから川崎大師へお参りに行こうではないかと清兵衛は思い、楽多郎も誘った。

「わしは、一度も行ったことがないからな。一度行ってみるのもよいな」

というわけで、三人揃って、川崎大師へ向かった。

川崎大師は通り名で、正式には金剛山金乗院平間寺《へいけんじ》という真言宗智山派《ちさんは》の大本山である。

高尾山薬王院、成田山新勝寺と並ぶ関東三本山のひとつである。

正月の賑《にぎ》わいは大変なものだが、如月《きさらぎ》に入っても、かなりの人が参拝に訪れていた。

清兵衛たちが仲見世通りを歩いていると、屋台の飴《あめ》屋から、まな板に包丁が打ちつけられる軽快な音が響いてきた。

とんとことこ、とんとことことこ、とんとんとん……。

まだ柔らかい飴を棒のように伸ばして、軽妙な調子で包丁で切っている。

「飴でも買ってみましょうかな」

清兵衛は、店の者たちへの土産にもなると、屋台の前で飴を物色し始めた。

屋台では、飴をこねている者がひとり、棒のように伸ばした飴を切っている者がひとりいて、その横では、出来上がった飴を並べて売っている女がいた。みな三十手前の歳であろうか。

屋台には、小さな板の看板が立てかけられており、そこには、

『評判堂』

と、書いてあった。

「おみくじの入ってる飴の袋がありますよ」

美濃吉が、手に取った袋には、おみくじ入りと書いてある。

「大師さまのおみくじです。ひとつどうです」

売り子の女が清兵衛に薦めた。

清兵衛がひとつ買って、袋を開けると、小さく畳んだ紙が飴のほかに入っていて
『第四十八番　おみくじ』とある。

「四十八とは、私の歳ではないですか。偶然ですが、幸先がよいですな」

紙を開いてみると、

「おお、大吉だ！」

清兵衛は、嬉しそうに笑って、つづきを読み出した。

「たまさかの出会いは運の縁《えにし》にて、大事にしたき旅の人かな……」

はっとして、楽多郎を見る。

楽多郎はというと、飴屋の飴切りの所作を一心不乱に見つめていた。

とんとことこ、とんとことこ、とんとんとん……。

すっとんとことこ、とことことことん、すっとんとことこ……。

音につれて、楽多郎の顔が小刻みに上下しているさまは、端《はた》で見ていると、実に微笑ましいものであった。

「ひとつ、わしにもやらしてくれぬか」

楽多郎の申し出に、細面のいなせな飴屋は当惑していたが、

「まあ、このお金で」

清兵衛が、飴の棒一本分の金を渡すと、職人は楽多郎に包丁を渡した。

「こうだな……」

とんとことこ、とんとことこ、とんとんとん……。

飴屋のように、いきなり調子よくは切れないが、それでも、一つひとつの形は揃っている。

「旦那、これなら売り物になりますよ」

飴屋も折り紙をつけた。

「あははは、これは楽しいではないか。これなら、飴職人になるのもよいなと思ったのだが、その飴を練っているのは、面倒臭そうだなあ。わしは、不器用だから、飴を伸ばすのは難しそうだ」

楽多郎は、横を見て言った。

横では、がっしりした体軀《たいく》の飴屋が、まだ柔らかい大きな飴の固まりから、器用な手つきで、飴を長く伸ばしている。

楽多郎は、ふたたび、まな板に包丁を打ちつけて拍子をとった。

「まるで、子どものようなお人じゃ」

清兵衛は、つぶやいて笑った。

川崎大師に参拝すると、その日は宿場町に泊まって、翌日江戸に入ることになったのだが、楽多郎は江戸に入るかどうかまだ決めていないと言う。

「ぜひとも、私どものところへ泊まっていただけないでしょうか。それともなにか、江戸がお嫌いなわけでも……」

清兵衛の言葉に、

「江戸は、ずいぶん久しぶりだ。泊めてくれるというのなら、ちょっと寄ってみるのもよいかもしれぬ」

楽多郎は、眩しいものを見るように、江戸の方角を見やった。

「そのおみくじが決め手となって、あの浪人の面倒を見ることになったと、清兵衛さんは仰っていたのです」

角右衛門の言葉に、紋七は、

「ふうむ……それだけよいことが重なると、そばにいてもらいたい気も分かる気がいたしやすね。こりゃ、様子を見るよりほかはなさそうでやすよ」

「では、腹巻楽多郎のボロが出るまで待てと……。ですが、そうなる前に、とんでもないことが起こるかもしれません。それが気がかりなのです」

「とは言いやしてもねえ……まあ、なるべく目を光らせておりやす。角右衛門さんのほうでも、なにか気になることがあったら、すぐに知らせておくんなせえ。すっとんできやすぜ」

紋七に請け合ってもらい、角右衛門は少し気が楽になった。

（腹巻楽多郎という浪人、うかうかしていたら、私のほうにまでつけこんでくるかもしれないからな。私の女房や娘を騙すなどわけもないことだし……）

実は、角右衛門は、清兵衛のことが気がかりと言いつつ、自分の家に災いが及ぶのではないかと、気をまわしていたのである。

紋七はというと、腹巻楽多郎が、騒ぎを起こさずにいてくれればそれでよいと思っていた。

第二話　ぞろっぺ侍

一

如月《きさらぎ》の下旬、障子越しに差す陽が、いつになく暖かく、火鉢に抱きついていた紋七はつい横になり、転《うた》た寝をしていた。

定町廻り同心の友成恭一郎につき従って、町の見廻りをしたせいか、少し疲れが出たようである。

「あんた、陽が陰ってきたよ。寝てたら風邪ひくよ」

髪結の仕事から、いつのまにか帰っていた女房のおよしに起こされ、紋七は、大きな欠伸《あくび》をした。

「気持ちよく眠ってたのによ。帰ってたんなら、なにか掛けてくれる愛想があってもいいってもんじゃねえのか」

憎まれ口をたたくと、

「あんたに来てくれないかって、いま福之屋さんから使いがあったんだよ」

「福之屋……」

紋七は、福之屋と聞くと、七日前から居ついている浪人者のことをすぐに思い出した。

（腹巻楽多郎とかいったな……）

福之屋の隣の米問屋井筒屋の主人角右衛門が、楽多郎が、清兵衛を騙《だま》して取り入っているのではないかと心配していた。

紋七も、気になっていたのだが、この四日、福之屋ではなにごともなく、ほかのことにかかずらっていたこともあり、忘れてしまっていた。

その福之屋から、なにか相談ごとでもあるようだ。

（腹巻って浪人が、なにかしでかしやがったな……）

紋七は、逸る心を抑えて、家を飛び出して行った。

紋七が福之屋へ着くと、すぐに奥の座敷に通された。

茶を持ってくる女中のすぐ後ろから清兵衛が現われ、女中が下がると、すぐに清兵衛は切り出した。

「紋七親分に、わざわざお出で願ったのは、内密に済ませたいことが起きたからなのです。幸い、女房のおふじも娘のおみよも、泊まりがけで親戚の家へ行っておりますから、いまのところ知っているのは、私と大番頭だけです」

声を潜めて言う清兵衛に、

「あっしでよかったら力になりやしょう」

紋七は、こういうときには、さも頼りになるよう堂々と受ける。

「実は、帳場の金が十両もなくなっていたのです」

「じゅ、十両も……誰かが盗んだとでも」

もし、店の者が盗んだのなら、死罪は免れない金額である。

「それが……つい七日前から、うちで暮らしているお武家なのですが」

「ぶ、武家というと……腹巻なんとかという」

「よくご存じで。腹巻楽多郎さまというお武家なのですが」

清兵衛は渋面で答えたが、紋七は、

（これで、胡乱《うろん》な奴を厄介払いができるというものだ）

内心ほくそ笑み、

「逃げたんでやすね」

「いえ、家におりますが」

清兵衛の答えに、紋七は、金を盗んだのに逃げずにいるのは妙だと思った。

「それが、博打《ばくち》で借金をして、それがたまりにたまって十両になり、つい出来心で帳場の机の上にあった金を取ってしまったと……こう、仰《おつしや》っているのです」

清兵衛は、金を盗まれたというのに、腹巻楽多郎のことを話す言葉遣いに、敬いの気持ちがうかがえる。

「金が帳場の机の上にあったというのは」

「大番頭の不手際なのです。私が用があって大番頭を呼んだのですが、机の上に金を置いたまま、離れてしまったそうなのです」

「ならば、借金のことで頭がいっぱいだと、金を見たらつい出来心ってえものが起こるのも分かりやす」

「ですが、私には、どうしても腹巻さまの仕業だとは思えないのですよ」

「と、仰いますと」

（あらあら、風向きが変わってきたぜ）

紋七は、清兵衛の言葉を待った。

「……いや、私の勘と申しましょうか、心の声と申しましょうか、腹巻さまは、誰かを庇《かば》って、自分が盗んだと仰っているのではないかと、そんな気がしてしかたがないのです」

「そのわけってえのを教えていただけやせんか」

「十両もの金を盗んだのですよ。逃げてしかるべきを、あの方はここに居つづけ、さらにお縄にしろとまで仰るのです」

「逃げても、いずれ捕まると諦《あきら》めたんでやすよ」

「そうでしょうか……」

「それとも、清兵衛さんにつけこもうとしているのか……」

「つけこむ？　どのようにです」

「十両盗んだことに目をつぶってもらおうという魂胆てえことはねえですか。どうも、清兵衛さんは、その浪人に甘すぎるきらいがあるようで」

「なんで、紋七親分が、そこまで仰るのか……腹巻さまにお会いになったことがあるのですか？」

清兵衛が、不思議そうに紋七を見た。

「あ、いや……清兵衛さんとこの、ぞろっぺ侍の噂は、あっしにも聞こえてきてやしてね」

紋七は、あわてて言い繕った。角右衛門から、腹巻楽多郎のことを聞いたことは内緒だからである。

それに、腹巻楽多郎が、ぞろっぺ侍と言われているのはたしかだった。

「ぞろっぺ……それは、ぞろっぺえという意味ですか」

「ぞろっぺえ侍じゃあ語呂が悪いんで、ぞろっぺ侍と、この界隈《かいわい》の者たちが呼んでいるそうでやす」

「そんな風に噂されているとは、私は知りませんでした」

清兵衛は、驚いた顔をしている。

ぞろっぺえとは、長い着物を端折《はしょ》らずに、ぞろりと着流して仕事をする者の謂《いい》である。

転じて、だらしないとか、しまりのないという意味になる。

ぞろまきとも言ったりする。

「遠くで見たことはあるにはありやしたが、会ったこともないお方です。ですが、そうした噂から、だらしない人なんじゃねえかと」

「ふうむ……遠くから見ただけでは、紋七親分が、そうお思いになるのも、もっともかもしれません。私が誂《あつら》えた小袖《こそで》も袴《はかま》も、あの方がお召しになると、妙なことに、いつのまにか縒《よ》れてきますし。ですが、その噂、私には承服しかねます。ここは、是非とも紋七親分に、直に腹巻さまにお会いになってもらうのがよいかと存じます」

「……へえ。まあ、お縄にするにも、会わなきゃ始まらねえわけで」

「では、早速、こちらにお出でください」

清兵衛は、せっかちに立ち上がる。

紋七は、腹巻楽多郎その人と、直に会うことに、少しく興奮を覚えた。

(俺と会ったが百年目だ。正体を暴いてみせるぜ)

肩を怒らせて、清兵衛のあとについて行った。

「この部屋です。私がいると、なにかとやりづらいでしょうから、ここで失礼いたします」

清兵衛は、部屋には入らずに去って行った。

紋七が、楽多郎のいる座敷に入り、挨拶《あいさつ》すると、

「腹巻楽多郎と申す。いたって大人しいので、扱いをどうするか案ずることはないぞ。同心の旦那を連れてきてもらって、大番屋へでもどこでも早く入れていただきたい」

かしこまって辞儀をされた。

「いえいえ、あっしは、清兵衛さんに頼まれて、ちょいと調べに来ただけのことでやす」

「なんと。まだ清兵衛は、わしの言うことを疑っておるのか。わしが盗んだと言っておるのだから、それでいいではないか」

太い眉毛を逆立て、丸い大きな目を剝《む》きだして仏頂面になる。

「しかしですよ、旦那。使用人でないとしても、厄介になっている店の金を十両も盗

んじまったんだ。悪くすりゃ死罪、よくて島流しですぜ。あ……お武家さまだから、切腹って手もありやすが」

「いかんいかん、そんな痛いことは願い下げだ。ひとつ、島流しで手を打ってもらうようにしてくれぬか」

楽多郎の言葉に、紋七は、まるで他人《ひと》ごとのようだなと呆《あき》れた。

「じゃあ、十両は、腹巻さまが盗んだということは曲げねえわけでやすね」

「曲げるもなにも、わしが盗んだのだ」

「清兵衛さんは、誰かを庇ってるのではないかと」

「わしがいったい誰を庇うというのかなあ……七日前に来たばかりだぞ。庇ってやるほど親しくなった者などおらぬわ。いや、清兵衛にはよくしてもらっておるからな。それに美濃吉も、あれこれと世話を焼いてくれるが、この二人のほかは、名前もよく覚えておらぬのだ。清兵衛の女房も娘の名前も、すぐには思い出せぬぞ。いったいなんという名だったかな」

「内儀さんはおふじさん、娘さんはおみよさんでやす」

「そうそう、おふじにおみよか。いい名だ」

紋七は、楽多郎と話していると、十両が盗まれたという事件そのものが、遠くなっていく妙な感じを覚えた。

ともかく茫洋《ぼうよう》として、雲をつかむような侍なのである。

（いけねえ、いけねえ、この侍の懐のうちに入ってしまうと、少しおかしくなっちまうようだぜ）

「ところで、腹巻さま、盗んだ十両は、全部借金で消えたんでやすか」

紋七は、話を戻した。

「うむ。きれいさっぱり消えてしまった」

「ふうん。どこかに隠してるってえことはねえんでやすか」

「わしが隠してどうするというのだ。死罪か島流しだろ。隠したとて、どうにもなるまい」

「それはそうでやすが……どこの賭場《とば》で博打をしてたんでやす？」

「そう訊《き》かれても、わしは物覚えが悪いタチでな。どこと言われてもなあ」

顎鬚《あごひげ》をごしごしこすって、目を彷徨《さまよ》わせている。

（こいつ、とぼけてやがるが……まだ借金が残っていて、清兵衛に迷惑をかけたくね

えからか、あるいは、胴元に賭場の場所を教えるなと脅されているのか)

紋七にしてみれば、清兵衛に、腹巻楽多郎がたしかに借金があり、それを返すために盗んだに違いないと納得させればよいのである。

(賭場に借金があったことと、それが返されていることを調べ上げれば、金を盗んで調達したってえことがたしかになるぜ)

さっさと調べてしまおうと、紋七は決めた。

「おいおい、どこへ行くのだ。わしを捕まえにきたのではないのか」

会釈をして、去ろうという紋七を、楽多郎が引き止めた。

「いましばらく、ここでお待ちくだせえ。必ず、お役人に引き渡しやすから。あっしは、ただの使いっ走りでしてね」

「そうか……とにかく、早くしてほしいものだな。退屈でいかん」

楽多郎のぼやきを聞き流し、紋七は、

(いまに望みどおり、牢屋へ入れてやらあな。そんときになって、吠《ほ》え面《づら》かいたって遅いぜ)

紋七は、腹の中でせせら笑った。

二

紋七は、岡っ引きという商売柄というか役目柄というべきか、賭場についてはもちろん詳しい。

博打は御法度であるから、岡っ引きの紋七は、表向き博打はやらないことになっている。

だが、賭場に出入りすることにより、江戸の町の裏で、なにが起きているかを知ることができ、それがお上のご用の役に立つ。同心や与力も承知していることなのだ。

楽多郎がどこの賭場に出入りしていたのか忘れたと言っても、紋七なら、すんなりと突き止められるとタカをくくっていた。

岩本町の近くでは、ある旗本の武家屋敷の中間《ちゅうげん》部屋が賭場に使われている。

まだ開帳前の賭場に入っていくと、胴元が座っていた。

胴元は楽多郎のことを覚えており、何度か博打を打ちにやってきたと言う。

「大負けして、金を貸したか」

紋七の問いに、胴元は、

「いいや。勝ったり負けたりで、とんとんだったな。金を貸した覚えはない」

間違いはないと言い切った。

では、ほかの賭場かと、今度は、白壁町の空き家まで足を伸ばした。

白壁町に着くころには、夕闇が垂れこめ始め、ちらほらと博打を打つ者たちが空き家目指して集まり始めている。

その空き家は、もとはなにかの問屋だったようだが、主が夜逃げして以後、長いあいだ住まう者がいなかった。

夜逃げした家は貧乏神が居ついているので、買い手がつかない……というのは、表向きの理由で、実際は、香具師《やし》の元締めが賭場を開いており、家主は買い手が現われても売れなかったのである。

もちろん家主には、香具師の元締めから、それなりの金が渡されている。

紋七は、元締めから賭場を託されている胴元の佐平を探したが、出かけているということだった。

幸いにも顔見知りの壺《つぼ》振りがいたので、楽多郎のことを訊いてみた。

「勝ってやしたよ。ですが、勝った分は、皆で酒でも呑んでくれって言って、気前よく配ってやしたぜ。ありゃなんでやすね、博打で儲けようって腹がないんでしょうかね。妙な侍だって思いやしたぜ」

壺振りは、楽多郎は、なんどか来たが、勝ったときは常に酒を振る舞い、負けていたときは、大負けする前にひっそりと帰ったと言う。

（いったい、どこで、腹巻のやつは大損こいたんだ……）

紋七は、すぐにでも楽多郎が博打に負けた賭場が分かると思っていたのだが、当てが外れて当惑した。

（もっと遠くの賭場か。遠くなら、負けがこんでも、清兵衛さんの耳に聞こえないと思ったのかもしれねえ。近くは遠慮が働いたってわけだな）

きっとそうだという気がした。紋七は、こうなったら、少しずつ足を延ばして、ひとつずつ賭場を当たってみようと思った。

賭場として使われている大広間から出て、長い廊下を渡って、外に出ようとしたときである。

「金はちゃんと返したじゃねえか。なのに、なんでいけねえんだよ」

家の前で、若い男が、胴元の佐平につっかかっていた。

若い男は、二十歳そこそこで、遊び人風であるが、丸顔のせいか、さらに若く見える。

佐平は、痩《や》せて目の細い三十絡みの男だが、その細い目の眼光は鋭い。

「とにかく駄目なものは駄目なんだよ。おめえは、賭場には入れちゃいけねえことになってるんだ。とっとと帰んな」

佐平に、どんと肩をつかれて、若い男は、よろめいた。

「なにしやがるんだ」

「おめえがしつっこいからよ。親切で言うんだが、もうお前は、博打とは縁を切るんだな。博打にも、才ってもんがなくちゃいけねえ。お前は、その才がないから、いつまで経っても勝てねえんだ。さっさと消え失せろ」

罵倒《ばとう》する佐平に、

「へっ、才があるかどうか、まだ分かりゃしねえ。賭場はここだけじゃねえんだぜ。俺が大勝ちした噂を聞いて、びっくらこくがいいや」

捨てぜりふを残すと、若い男は去って行った。

「ふん。どこも出入りできねえってのにな」

佐平はつぶやくと、振り向いた。

振り向いた顔の前に、紋七の顔がある。

「おっと、びっくりするじゃありやせんか。親分、なにかご用ですかい。それとも、博打を打ちたくなりやしたか」

細い目が紋七を詮索《せんさく》するようにじっと見る。

紋七は、もう一度、楽多郎のことを訊いてみたが、佐平の答えも、壺振りとまったく同じだった。

「あの侍が、どうかしたんですかい」

「いや、ちょいと気になったもんでね。負けがこんでいたりするといけねえと案じてたのよ。なにせ、福之屋の清兵衛さんとこに厄介になっているからな。清兵衛さんに迷惑をかけてもらっちゃ困るのだ」

楽多郎が金を盗んだということが噂になると、清兵衛に顔が立たないので、適当に言い繕った。

「負けがこんでいるってえことはねえですぜ。ほかでもないでやしょう。実は、あっしも、あの侍は気になってやした。なんですかい、あのボーッとした様子は。莫迦《ばか》かと思っていると、なかなか勘のいい張りかたをしやすし、勝負の引き際も心得ていやす。ここんところ見かけねえが、どうしてやす？」

「なに、体の具合を崩していると聞いたが、たいしたことはねえようだ」

「そいつはなによりだ。お会いになったら、また来てくだせえって、あっしが言ってたと伝えてくれやせんか」

「お安いご用だ」

佐平と別れた紋七は、ここへきて初めて、楽多郎が博打で金を大損し、胴元に金を借りたということが嘘のように思えてきた。

（清兵衛さんが言ったように、ひょっとすると、腹巻のやつは、誰かを庇っているのかもしれねえぞ。だが、いったい誰をだ？）

直接、楽多郎に腹を割って訊きただしてみようかと思った。

だが、あののらりくらりとした楽多郎が、紋七に本当のことを言うだろうかと思うと、はなはだ心もとなかった。

紋七は、家で夕餉《ゆうげ》を済ませると、清兵衛の福之屋へ向かった。

夜分だが、早く楽多郎を問い詰めたかったのである。

鬱憤《うっぷん》がたまっているせいだが、よく考えれば、たった一日、賭場を経《へ》めぐっていただけである。だが……、

（腹巻に、これ以上、振りまわされるのは御免だ）

という気持ちが強かった。

それというのも、角右衛門が紋七に、楽多郎がいかに怪しい侍で、この先どんな災いをもたらすか分かったものではないと、吹き込んでいたからである。

角右衛門の案ずる気持ちが、紋七に乗り移っていたと言えよう。

江戸という町は、諸国から流入してくる田舎者の町といってもよい。三代つづけば江戸っ子というが、たったの三代で偉そうにしているわけだから、歴史のある京阪とは大きな違いだ。

人も町も常に流れ動いているのが江戸なのだが、それでも、素性のたしかでないはぐれ者は敬遠される。

腹巻楽多郎という、とらえどころのない浪人者が、なにをしでかすか分からない不

気味な存在であることはたしかだった。

神田鍋町にある紋七の家から、岩本町は近い。

すでに雨戸を閉じている福之屋が見えてきたときである。

福之屋のほど近くで、歩いている女に、男がまとわりついている。

女は、顔をそむけて、男を無視しようとしているようだが、男はしつこく前にまわりこんでは、女になにか言っている。

女は、男の手を振り払うと、駆けだした。

「待てよ、おかね」

男は、女の名前を呼んだ。

(おかね……。どこかで聞いた名だな)

紋七が思ったのも束の間、おかねと呼ばれた女は、福之屋の勝手口から中に入ってしまったのである。

(福之屋の女中か。そういえば、おかねという女がいたな)

歳のころは十七ほどで、顔も目も丸く、おまけに鼻も団子っ鼻だが、それが愛嬌《あいきよう》となっている女中の顔を思い出す。

「ちっ」

男のほうはというと、舌打ちをして、未練らしく福之屋を見ていたが、紋七が近寄ったときには、諦めて、岩本町の先の松枝町へ向かって歩きだしていた。

(おかねも男とは縁のないような顔をして、隅に置けねえやな)

紋七が、声を出さずに笑ったときである。

先を歩いていた男が、まだ未練があったのか、振り返ると、二階建ての福之屋をまたも仰《あお》ぎ見た。

女中部屋は二階にあることを知っているからだろうが、紋七は、振り返った男の横顔を見て、はっとした。

(あの男は……)

白壁町の賭場で、佐平に追い返されていた丸顔の男であった。

紋七の驚きには気づかず、男は首を振ると、また歩きだしていた。

三

「腹巻さま、そろそろ本当のことを話しちゃくれやせんか」

座敷で、楽多郎と差しになると、紋七は早速切り出した。

福之屋へ入ると、まずは二人きりで話したいと清兵衛に申し出たのである。

「本当のこと？　わしが嘘をついていると言うのか」

丸い大きな目をきょとんとさせて、楽多郎は紋七を見た。

「へえ。旦那は、博打で負けがこんだと仰るが、どこの賭場でも、旦那が損した話は出てこねえんでやす」

「それはおかしいのう。わしは、負けたぞ。大負けしたのだぞ。その賭場が、おぬしには探し出せなんだな」

太い眉毛がピクピクと動く。

「そんなことはありやせん。あっしは、伊達《だて》で岡っ引きなんぞしてるわけじゃねえんで。あっしの知らねえ賭場は、このあたりじゃあねえんでやす」

「もっと、遠くの賭場だ。そうさな、駕籠《かご》で一刻《いっとき》もかかるほどのな」

楽多郎は、にっと笑った。

「いい加減にしてくだせえ。旦那がそんなこっちゃ、あっしは手荒な真似をしなくちゃならねえ」

睨《にら》みつけて言う紋七に、

「い、いや、それは止《や》めてくれ。わしは痛いのは嫌いなのだよ。だからといって、隠し事なぞしてないのだから、なにをされても答えは同じなのだが」

さも困ったように顔をゆがめた。

「あっしは、旦那に手荒な真似をする気はありやせん。ていうか、お武家にそんなことが勝手にできるもんじゃねえ。あっしは、女中のおかねのことを言ってるんでやすよ」

「おかね？　ああ、あの、団子っ鼻の女中か。なぜに、おかねに手荒な真似をするのだ」

楽多郎は、口をとがらして訊く。あきらかに表情に変化が現われたことに、紋七は気をよくして、

「あっしのにらんだところでは、金を盗んだのはおかねでやすね。そのおかねを庇って、旦那が金を盗んだことにしてやった……と、そういうこっちゃねえですかい？」

これは紋七のはったりだった。

紋七は、自分の言ったことを信じているわけではなかった。

ただ、そうなら面白いと思ったまでである。

「なぜ、おかねが金を盗まねばならぬのだ」

「ついさっき、店の前でおかねに追いすがっていた男があるんでやすよ。博打場に出入りできなくなった男なんでやすがね、そいつがおかねにせびってたんじゃねえかと……おかねは、貢ぐだけ貢いじまったから金がねえ。それで、つい店の金に手をつけてしまったと……あっしは、こう睨んでるんでやす。ちょいと、おかねを締め上げれば、白状しちまうと思うんでやすが。どうせなら、その前に、腹巻さまから話をうかがいたいと思ったんでやす」

これが見当違いでも、おかねを締め上げることに代わりはない。

はたして、楽多郎の茫洋とした顔に、少し影が差したように見えた。

「では、あっしはこれで」

紋七が、立ち上がろうとすると、

「こら、待て。待つのだ」

あわてて、楽多郎は手を伸ばして紋七の手をむんずとつかんだ。

「い、痛えじゃねえですか。放してくだせえ」

「わしの話を聞け。聞くまでは行かぬというのなら、放してやるぞ」

「分かりやしたよ。ですが、また嘘は嫌ですよ。本当のことを話すというのなら、あっしは旦那の話を聞きやしょう」

「……分かった」

渋々うなずき、手を放した。

「武士に二言はないでやすよね」

紋七は、座り直すと、釘を刺した。

「うむ……で、どこから話せばよいのかな。覚えておらぬことは話せぬぞ」

また茫洋とした表情に戻っている楽多郎を見て、

「嘘のつぎは、覚えていねえってことで済ますんじゃねえでしょうね」

呆《あき》れたのだが、

「いや、そんなことはせぬ。で、なんだ、なにを話せばよいのだ」

「だから、本当のことでやすよ。金は盗んでねえんでしょ？」

「おおお、そうだそうだ、そうだった。わしはな、実を言うとだな、店の金をだな……」

楽多郎は、顔を紋七に近づけた。つい、紋七も顔を寄せる。

「うっ……」

途端に、紋七の視界が闇に沈んだ。

「許せよ」

苦渋のにじんだ顔で、楽多郎は紋七の耳に囁《ささや》いた。

楽多郎が素速く紋七に当て身をしていたのである。

紋七が目が覚めたとき、あたりは漆黒の闇だった。

まだ夜中なのに目が覚めたかと思ったのだが……。

体をぴくりとも動かせない。

夢の中なのかと思ったのだが、次第に頭がはっきりしてくると、

（腹巻の野郎だ。あいつに眠らされちまった……）

体をもぞもぞさせるが、動かせないのは、どうやらきつく縛られているに違いなかった。

声を出そうとしてみたが、喉《のど》の奥で呻《うめ》くことしかできない。口に猿ぐつわをかまされていることに気づいた。

どこにいるのか分からないが、じっとしていても始まらない。

紋七は、体をどうにか動かそうとして、膝が曲がることが分かった。

柔らかいものの中に、首から下がすっぽり埋まっている。

その柔らかいもののあいだを、膝を折ったり伸ばしたりして、尺取り虫のように動いた。

どの方向へ進めばよいのか分からないが、ともかく頭のほうへ進む。

すると、頭がなにかにぶつかり、それ以上進めない。

さらに強くぶつけると、たわむ感じがする。

紋七は、どうやら柔らかいものは布団で、布団部屋か押し入れのような場所に閉じ込められているのだろうと思った。

だとすれば、たわむものは襖《ふすま》だろうか。

襖を引くことは、布団の中に押しこめられているので無理だ。

ならばと、襖目掛けて、頭突きを繰り返した。そのうち、襖が外れるだろうと期待したのである。

ドンドンと音を立てて、頭をぶつけていたが、襖はなかなか外れない。

何回目かの頭突きを終え、つぎの一撃を与えようと、頭を突き出したとき、ぶつかるはずのものがなくなり、頭が前方へ突き出た。

同時に眩《まぶ》しい光が目を射抜く。

目をしばたたき、周囲を見ると、襖が開かれ、重ねられた布団の隙間から、紋七は頭ひとつ飛び出ていた。

「紋七親分。いったい、どうしたんですか」

上目づかいに見れば、手代の美濃吉の驚いた顔が目に入った。

美濃吉は、紋七が猿ぐつわをされていることに気づき、口に巻かれた手拭《てぬぐ》いをほどいてくれた。

「おい、腹巻は、腹巻はどうしてる？」

紋七は、猿ぐつわがほどけると同時に、美濃吉に訊いたが、

「お部屋でお休みのはずですが」

そんな返事しか返ってはこない。

「いま、なんどきだ」

布団の中から引きずり出され、手と足の縛《いまし》めを解いてもらいながら、紋七は美濃吉に訊いた。

「朝の六つ半ですよ」

「なに！」

紋七は、一晩、布団の中で意識を失っていたことになる。

というより、気絶したあとに眠ってしまったということだろう。

あたりが明るいのは、とっくに陽がのぼり、障子から明かりが差しているからだった。

「畜生！」

紋七は、悔しさに身悶《みもだ》えした。

「どうにもすまないことです。私は、てっきり紋七親分は、お帰りになったとばかり……」

清兵衛は、紋七に平謝りである。

「あの腹巻ってえ浪人が、虫も殺さねえようなボーッとした顔で、いきなりあっしに当て身をくらわせやがったんでさ」

その腹巻楽多郎の姿は、福之屋のどこにもないという。

前夜、楽多郎を訪れた紋七が、いつまで経っても出てこないようなので、どうしたのかと清兵衛が顔を覗《のぞ》かせると、

「紋七親分は、もう帰りましたぞ。清兵衛どののところに、挨拶には行かなかったのか。よほど急いでいたのかのう。なに、わしにどこの賭場で借金をこさえたのか思い出せと迫ってきてな。それまで思い出せなかったのが、あの剣幕にひょいと思い出したのだよ」

楽多郎が、そう言ったのだと言う。

「そういえば、腹巻さまは、どことなくいつもと違って、落ち着かないご様子でしたが……」

「おそらく、あっしを隣の空いてる部屋にでも隠していたんでやしょう。夜中に、布団部屋に運びこんだに違えねえ。しかし、ありもしねえことを、よくもぺらぺらと……」

紋七は、ぎりぎりと歯噛《はが》みすると、

「これで、あの腹巻という侍がろくでもねえやつだと分かったでやしょう」

「むむ……ですが、なぜ紋七親分にあんなことをし、姿をくらましてしまったのかが合点が行かないのですが」

清兵衛の言うことはもっともである。金を盗んだことは白状し、早く捕まえてくれと言っていた男が、いきなり紋七を縛って逃げたからである。

「清兵衛さん、それと掛かり合いのあることでやすがね、おかねという女中がいるでやしょう。あの女中はいまおりやすかい」

「はい、さきほども働いている姿を目にしておりますが」

「そのおかねを連れてきてくだせえ」

「はあ……」

清兵衛は、妙なことを頼まれたと首をかしげていたが、紋七の思い詰めた顔つきに、すぐにおかねを呼ばせた。

「嘘をつくとためにならねえぜ。おめえ、帳場の金をくすねただろう」

おかねがやってくると、紋七は、開口一番訊いた。

驚いたのは、清兵衛である。ギョッとして、紋七の顔とおかねの顔を互い違いに見ていた。

おかねのほうはというと、俯《うつむ》いたまま黙っている。

「白状しねい。腹巻が、なぜいなくなったか、それも知ってるんだろう」

畳みかけるように紋七が問い詰めると、

「あ、あたし……どう答えてよいか……」

俯いたまま、涙をぽろぽろと流しだした。

四

おかねは、泣いてばかりで、なかなか紋七の問いに答えなかった。

だが、ひとしきり泣くと、覚悟を決めたようである。

「腹巻さまには、絶対にお金を盗んだことを言ってはならないと言われているんです。腹巻さまが盗んだことにしておけばよいと……自分は、折りを見て逃げ出すから、お前は気にせずともよいと仰ってくださったのです」

だが、いつまで経っても逃げ出す様子がなく、おかねは気が気ではなかった。そこへ、昨日の夜、寝る仕度をしていたおかねをそっと楽多郎は呼び出し、これから逃げると伝えたという。

「それも、あたしのことを紋七親分が勘づいたようだから、自分が逃げ出してしまえば、追うしかないと仰るのです。お前は、知らぬ存ぜぬを通せば、いくら疑われていても、捕まることはないと……」

たしかに、紋七はおかねのことを疑っていたが、金を盗んだという証《あかし》はない。楽多郎に本当のことを白状させようとしたのはそのためだが、楽多郎はなにも言わずに姿を消してしまった。

このままでは、楽多郎が盗っ人のままである。

「お前は、賭場に出入りしている男のために、金を盗んだのかい」

紋七は、昨夜おかねにしつこくしていた男を見たこと、さらに、その男が賭場に出入りを止められていることを話した。

「そうです。種吉といって、あたしの兄さんです」

「兄貴か……そうかい、てっきり、いい仲の男だと思ったが」

その種吉が、賭場に借金をこしらえ、たまりにたまって十両となった。返さなければ、大川に死体となって浮くのは間近だと、妹のおかねに泣きついたのだと言う。

しかし、いくら泣きつかれても、そんな金を融通できるわけもない。

種吉は、苦界《くがい》に身を売って金をこさえてくれないかとまで迫ったという。

さすがに、それは撥《は》ねつけたおかねだが、実の兄の生死が気がかりでないはずがない。

そんなときに、帳場に置いたままになっていた金が目に入ったのである。

きっかり十両ある。

「あたし、このお金があれば、兄さんの命が助かると……ここに十両ぴったりのお金が置いてあるのは、天の恵みじゃないか、なんて思ったんです」

その翌日に、またしつこく金をせびりにきた種吉に、十両を渡した。

「なぜ、腹巻さまは、お前が金を取ったことをお知りになったのかな」

清兵衛が訊く。

「偶然、あたしのやったことを見ていたとか……すぐに、金を返させればよかったが、なにか事情があるのだろうと思って黙っていたそうです」

「なんでえ、じゃあ、盗みの片棒を担いだも同じじゃねえか。見て見ぬ振りも、立派な盗っ人の仲間だぜ」

紋七は、吐き出すように言ったが、それほどには、楽多郎を咎《とが》める顔つきはしていない。

「兄さんにお金を渡したあとに、腹巻さまが話しかけてきて、あの男はいったいなんだと……」

楽多郎は、紋七と同じように、悪い男にたかられているのではないかと案じたらしい。

兄だと知ると、悪い男には違いないが、しかたないなと溜め息をつき、お前はぜったいに金を盗んだことを白状するなと言った。

「使用人が主人から十両盗んだら死罪は免れない。そんなことになったら、命がないのだぞ」

死罪だから、命がないのは当たり前なのだが、楽多郎は、真面目な顔で、

「そんなことで死ぬことはない。死罪はわしが引き受ける」

胸を張って言った。

「そんな……あたしのために、なんでそこまで」

「はは、わしは死なぬよ。死罪になっても死なぬから、安心せい」

と、わけの分からないことを言うと、

「お前の兄の出入りしている賭場を、すべて訊きだしてはくれないか。それとなくだが……そうだな、どこにどのくらいの借金があるかをたしかめるとかなんとか言ってな」

「どうしてですか」

「なに、お前の兄を出入り差し止めにしてやろうと思ってな。博打にハマるやつは、博打に魅入られている。もう金輪際、博打には手を出さないと約束しても、またふらふらと賭場に現われるのだ。約束したときは、自分でも、もうこりごりだと思ってい

るから、なおさらタチが悪い。まあ、病気のようなものだな」

「ですが、どうやって出入り差し止めに……」

「賭場にわしから文を出す。それには、お前の兄を出入り差し止めにせねば、御法度である賭場を開いておることを、奉行所に訴えてやると書くのだ」

「でも、奉行所は、御法度であるけれど、賭場を見て見ぬふりをしているのでしょう。兄さんがそう言ってたことがあるんです」

「なに、奉行所で取り合うかどうかは分からぬが、万が一、取り合ったら面倒だと恐れるだろう。そこへいくと、たったひとりの町人風情を出入りさせようが、させまいがどうということはないのだ。面倒を避けるために、出入り差し止めにするのは必《ひっ》定《じょう》だ」

楽多郎の言葉に、おかねはうなずき、種吉からそれとなく賭場の場所を訊きだし、教えたのだという。

「その文はすでに届いていて、種吉は追い出されていたというわけか。腹巻の野郎、なかなか乙なことをするじゃねえか」

紋七は、腕を組んで言った。

楽多郎を怪しむ気持ちが、かなり薄らいできているのを感じる。

「あたし、ぜったいに白状するなと、腹巻さまから言われてましたが……」

罪の責め苦に堪えかねたのだと、おかねは言った。

「おかね、よく白状してくれた。悪いことにはしないよ」

清兵衛が言うと、おかねの両の目からは、涙が流れ落ちた。

「悪いことにはしねえって、どうするんでやす」

紋七が聞きとがめると、

「十両なくなったのは、大番頭の勘違いということにしましょう。幸い、大番頭と私しか知りませんからね。此度の盗みはなかったということです。なくなった十両は、私の小遣いから出して、帳尻を合わせましょう」

「そ、そんな……」

ポカンと口を開けた紋七だが、まだ紋七止まりになっている事件である。清兵衛がいいといえば、それで一件落着にできる。

おかねは信じられないといった表情で、清兵衛を見たが、

「ありがとうございます。十両は一生かけてお返しします」

また、わっと泣き伏してしまった。

清兵衛は、そんなおかねの背をなでながら、

「ただ、残念なのは、腹巻さまが、私に打ち明けてくれなかったことです。すべて教えていただければ、同じように、盗みはなかったことにしましたのに」

ため息をついた。

紋七は、意外な成り行きに、力が萎《な》えてきたが、ふと楽多郎の考えていることが分かったような気がして、

「ひょっとして……腹巻は、おかねに金を返させねえために、あんな芝居を打ったのかもしれやせんぜ。十両なんて金、一生懸けたって返せるようなもんじゃねえでやしょう」

言ってから、たしかにそうなのではないかという気が強くなった。

「なるほど、紋七親分の言うとおりかもしれませんな。十両盗まれ、それを返さずともよいとなると、ただでくれてやったも同然。そうなると、ほかの奉公人にも示しがつきませんからな。そこまで見越して、自分のせいになさったというわけですか」

しきりに清兵衛が感心するので、

「いえいえ、これはふと考えただけのことで、あの腹巻がそこまで思ってやったかどうかは、分かりやせんぜ」

余計なことを言ったかなと思った。

だが、それが本当だと思うのは、紋七も同じだったのである。

「そうなると、腹巻さまのお気持ちを無下《むげ》にはできません。おかね、十両は返さなくてもよいよ。ご恩ある腹巻さまに進呈したと思うことにしましょう」

「そんな……そこまでしていただくなんて……」

おかねは、言葉にならずに、また泣きつづける。

紋七は、おかねを見て、

(なんてえ運のよい女だ……俺にも、その運を分けてもらいてえくれえだ)

と、思いつつ、清兵衛の人のよさと、楽多郎に対する甘さに、半ば呆然《ぼうぜん》となっていた。

「親分は、なんでそこまでするのかとお思いでしょう」

突然の清兵衛の言葉に、

「……………」

ずばり心中を見抜かれて、紋七は言葉が出ない。

「まあ、私の酔狂な癖が出たということにしてください。道楽のようなものですよ。腹巻さまという道楽です」

清兵衛は、紋七に笑いかけた。

(あんな、ぞろっぺ侍が道楽だと……本当に酔狂なことだぜ)

紋七は、清兵衛の言葉に納得するものを感じながら、苦笑いを返した。

「もう、腹巻さまとは、二度とお目にかかることはないのでしょうね。淋しいかぎりです」

清兵衛が沈んだ声で言った。

五

数日後の夜。

紋七は、おかねの兄である種吉のことが気になってきた。

借金を返したとはいえ、賭場への出入りは差し止められている。だが、博打への熱が冷めたとはいえない。

おかねにしつこくしていたのは、またもや金の無心だと、当のおかねから聞いていた。

（……ということは、新しい賭場でも見つけやがったのか）

そんな気がする。

だが、紋七にとって、それは関わり合いのないことである。

関わり合いはないが……、

（折角、腹巻が上手く収めたのに、また博打にのめりこんでいちゃあ、元の木阿弥《もくあみ》じゃあねえのか）

妙に腹立たしい。

紋七は、夕餉を食べ終わると、夜の町に出ていった。

博打に詳しい下っ引きに、善蔵《ぜんぞう》というのがいる。普段は羅宇《ラウ》屋をしており、紋七と同じく松枝町に住んでいた。

「善蔵、いるかい」

長屋の前に立って声をかけると、

「親分かい。入ってくだせえ」

応える声がした。腰高障子を開けると、善蔵は、夕餉のあとの煙管《キセル》を吸っているところだった。

しゃくれた顎の善蔵は、顔がそのまま煙管のようで、羅宇屋は天職だと、常に軽口まじりに言っている。まだ二十代の半ばのようだが、顔の皺《しわ》は多かった。

「なにか仕事があるんですかい」

ポンと煙管の灰を落とすと、善蔵は鋭く目を光らせた。羅宇屋だけでなく、御用聞きも天職なのかもしれない。

「いや、ちょいと訊きたいことがあって来たんだが、おめえ、賭場に詳しいだろ。ここらへんに新しくできた賭場はねえかと思ってな」

「親分、博打はほどほどにしたほうがいいですぜ」

「俺が打ちたいんじゃねえよ」

「なら、いいんだが。新しくできた賭場なんてありやせんぜ」

「そうか、おめえが言うんなら、ねえんだろうなあ……」

紋七は、諦めて帰ろうかと思ったが、自分の知らない賭場があるかもしれないと思い、知っている賭場を善蔵に並べ立てた。

「そのほかに、ひとつだけありやすぜ」

「あるのか！」

紋七は、岡っ引きとして、知らなかったことにうろたえた。

「もっとも、堅気の旦那は寄りつかないところでさ。賭場から出入り差し止めをくらった破落戸《ごろつき》や流れ者の博徒の吹き溜まりだな。そうとは知らずに、酔っぱらった堅気者がふらりと入っちまうと、てえへんだ。身ぐるみ剝《は》がされちまう」

その場所は、松枝町と目と鼻の先の小泉町にあるという。


善蔵とともに、紋七は、小泉町の裏長屋へやってきた。

そこは、住人のほとんどが破落戸連中だが、特段悪さをするわけでもなく、家賃は滞りなく払っているので、大家も文句を言わないのだと、善蔵が道々説明してくれた。

賭場は、その長屋の二部屋をぶち抜いた座敷で行なわれているそうだ。

二部屋ぶち抜いたからといって、十二畳ほどの細長い部屋である。たいした人数は入れない。

「中へ入ってみるか」

紋七の言葉に、

「そいつはいけねえ。親分も俺も、顔を知っている者がいたりしたら、危ねえ目にあいやすぜ」

善蔵は、顔をひきつらせた。

「俺たちが入れねえような賭場は、ぶっ潰《つぶ》さなきゃならねえぜ」

息巻く紋七に、

「そうは言いやすけど、凄腕《すごうで》の用心棒がいるんでやすよ。下手に手入れなんかしたら、かなりの役人が殺《や》られちまいやすぜ」

さらに善蔵は、行き場をなくした博打打ちたちの最後の砦《とりで》のようなところなのだから、そっとしておくのがよいと言った。

「吹き溜まりは、綺麗にしても、またできるものだからな」

「そうでやすよ、親分。いちいちぶっ潰してちゃ切りがねえってもんでさ」

長屋には、あきらかに空いている部屋があり、そこから賭場になっている部屋を見張ることができる。

紋七は、善蔵は帰して、ひとりでしばらくのあいだだけ見張ることにした。お上の仕事ではなく、紋七が勝手にしていることである。

(俺のしてることは、なんだ?……俺の道楽のようなものか)

清兵衛が、腹巻楽多郎が道楽だと言ったことが思い出される。

こっそりと誰もいない部屋に入り、腰高障子を少し開けて見張っていること半刻、

時刻は五つ半ごろだろうか。

あたりは、薄雲に覆われた月の鈍い明かりが差しており、ぼんやりとだが、様子が分かる。

賭場の部屋の腰高障子ががらりと開き、ひとりの男が転げ出てきて、尻餅をついた。

「ひぃ、ご勘弁を」

男は、腰が抜けたのか、尻をついたまま後ずさる。

ついで出てきたのは、破落戸が二人に浪人がひとり。破落戸のひとりが、提灯を持っている。

「しっかりしろやい」

破落戸が無理矢理に男を立たせた。

二人の破落戸に両脇を抱えられるようにして、男は長屋の路地を後にした。提灯の明かりで、男の丸顔が紋七に見えた。

浪人は、ゆっくりと後をついて行く。

(間違いねえ。あれは、種吉だ)

紋七は、腰高障子を開け、路地に滑り出ると、浪人に気取られないように音を立てず、後をつけはじめた。

種吉と破落戸、浪人は、松枝町を通り、北へ向かった。

やがて柳原土手に出ると、神田川の土手に降りて行った。

夜は、まだ寒いせいか、土手に人の影はない。

破落戸が、神田川を背に、種吉を挟みこむようにして立つと、

「旦那、バッサリお願えしやすぜ」

ひとりが、浪人に声をかけた。

と、同時に二人の破落戸は、種吉から離れた。

すらりと刀を抜いた浪人の前の種吉は、足がすくんで動けない。

動こうにも、両側には破落戸、前には浪人である。背後の川に逃げるほかはないだろう。

だが、種吉は、がたがた震えるだけだった。

「逃げぬのか。まあ、逃げても無駄だがな」

浪人は、刀を振りかぶった。

「ま、待ちやがれ！」

紋七が、浪人の背後から声を出した。

振り向く浪人と破落戸たちに、

「やいやい、俺は、御用聞きだ。無法なことはすんじゃねえ」

挑発しつつ、手を押しやるように振って、種吉に川へ飛びこめと合図をするが、種吉には伝わっていないようだ。

「うるせえな。この犬が」

破落戸二人が、匕首《あいくち》を懐から出した。

「種吉、川に飛びこめ。逃げろってんだ」

声のかぎりに叫ぶと、紋七も脱兎のごとく駆けだそうとした。

そのときである。

びゅっ、びゅっ！

風を切り、うなりを上げて飛来したものが、つぎつぎに破落戸の顔面に、鈍い音を立てて当たった。

「ぐわっ」

うめいて、二人は顔を覆う。

なにごとかと棒立ちになった紋七の脇をかすめるように、前方へ駆け抜ける人影がひとつ。

「むん」

どこをどうしたのか、人影が通りすぎたときには、破落戸二人はがっくりと膝をつき、人影は浪人に向かって跳び上がった。

「うりゃあ」

浪人の刀が一閃《いっせん》し、人影を斬《き》ったかに見えたが……、
ギンッ！

跳び上がりざまに抜いた刀が、浪人の一撃をはじき、闇に火花が散った。

折しも、月を隠していた薄雲が流れ、月光があたりを照らした。

地に足をつけ、浪人に対した人影の顔が、月の明かりに浮かび上がった。太い眉に大きな目、無精髭がむさ苦しい。

（は、腹巻楽多郎……）

楽多郎が、刀を八双に構えて、浪人に対しているのを、紋七は驚きを持って見ていた。

種吉はというと、その場に尻餅をついている。

六

「おぬし、なかなかの腕前だ。賭場にいたときから、分かっていたがな。久しぶりに楽しいぞ」

浪人が、にやりと笑った。

頬骨《ほおぼね》が突き出て、眼窩《がんか》が落ち窪《くぼ》み、彫りが深い。月光を浴びていると、さながら髑《どく》髏《ろ》のような顔つきに見えてくる。

歳のころは、三十前後、楽多郎と同じくらいだろうか。

（賭場にいたときからと言ったな……そうか、さっきの長屋の賭場に、腹巻もいたのか！）

紋七は、突然楽多郎が現われたので驚いたが、賭場を出て、種吉たちのあとをつけようとして、紋七のあとになったのに違いない。

「わしは、別に楽しくもない。できるなら、刀を納めて去ってはくれまいか。わしは、この男を助けるだけでよいのだが」

楽多郎は、妙にのんびりした声で言った。

「ふん。そうはいかぬわ。俺は退屈していたのよ」

「あんたほどの腕前なら、ほかに仕事があろうに。剣術道場の師範なんかどうなのだ。退屈しないで暮らしていけるぞ」

「剣の師範など、そうやすやすとなれるものではないわ。しかも、俺のは邪剣と見られて、どこも相手にしてくれぬのよ」

「なぜ邪剣と……」

「さあてな。木刀で対した相手を、いつも半殺しにしてしまうせいかな」

薄気味の悪い笑いを口許に浮かべたまま、浪人は、中段にかまえた刀を、誘うようにくるくると小さくまわしている。

「困ったお人だなあ。なんでも手加減というものが大事だぞ」

「うるさいの。俺は生ぬるいのが嫌いなのだよ。もうぐだぐだ無駄話をするのは止めだ。行くぞ」

言った途端、浪人の刀がすっと伸び、楽多郎の顔面を襲った。

「うわっ……と」

楽多郎は、意表を突かれたが、すれすれのところで刀をはじいた。

ギンッ！

音とともに、刀と刀が火花を散らした。

「うりゃうりゃ」

浪人は、つぎからつぎへと突きを繰り出してくる。

「なんの」

楽多郎は、その突きを刀ではじきながら、徐々に後退して行く。土手の急な斜面は間近だ。

　このときになって、二人から目を離せずにいた紋七が、我に返った。

　へたりこんでいる種吉に、両手を大きく横に振って、そこから離れろと身振りで示した。

　種吉は、紋七の動きに気づき、這《は》いつくばると、その場から離れはじめる。

　なおも、浪人の攻めがつづき、楽多郎はそれを受け止めるたびに、徐々にうしろへと下がってしまっていた。

　明らかに楽多郎の分が悪そうだ。

　紋七は、呼子を取りだすと、思い切り吹き鳴らした。

　ピー、ピー！

　鋭く甲高い音が夜闇を切り裂いた。

「おう、こっちだこっちだ」

　呼子から口を離した紋七が、手を振り声を上げる。

「ちっ、面倒な」

　浪人は、ぱっと楽多郎から飛びすさると、

「いずれまた、手合わせしよう」

言い捨てると、抜き身の刀を下げたまま、駆けだした。

あっというまに、町家の路地の中へと消えて行く。

「ふう」

楽多郎は溜め息をつくと、その場に膝をついた。

「だ、大丈夫ですかい」

紋七が、楽多郎に駆け寄ると、

「腹が減って、力が出てこぬのだよ。刀を受けるだけで精いっぱいのありさまだ。おぬしのおかげで、命拾いしたぞ。まあ、どこで捨ててもよいような命だがなあ……あはあはあは」

笑い声にも力がない。

紋七が楽多郎を抱き起こそうとして、ぎょっとした。

べったりと血が手についたからである。

楽多郎は、自分で立ち上がろうとするのだが、へなへなと腰を落してしまう。紋七だけの力では、楽多郎を支えきれない。

「おい、種吉、こっちへ来い」

這いつくばったまま逃げようとしていた種吉が動きを止めた。

「へ、へい」

観念したのか、そのまま向きを変えて、紋七のほうへと這ってくる。

「おめえの命の恩人だぞ。ここにいて、介抱してるんだぜ。俺は、町役人を呼んでくる」

「で、でも、誰かくるんでやしょう」

種吉は、紋七がさきほど呼子を吹いたあとに、人を呼んでいたことを言っているようだ。

「莫迦。あれははったりだ。ああでもすれば、浪人がいなくなると踏んだのよ。誰もまだやってきてはいねえ。いいか、種吉、おめえのことは知ってるんだ。おかねのためにも、逃げるなよ」

ぎょっとした顔の種吉を残して、紋七は自身番屋へと駆けだした。

戸板に乗せられて医者の元へ運ばれた楽多郎の傷は、脇腹を斬られたもので、さほど深くはなかった。

「ここ何日か、ろくなものを食ってはおらぬようだな。おまけに血が出たので、力が入らぬのだろう。いいものを食わせて養生すれば、すぐによくなる」

医者は、体が弱っているようだと言った。

楽多郎は、ふらつきつつも意識はあったが、医者の薬を飲むと、昏々《こんこん》と眠り始めた。

とりあえず、その夜は医者の元で面倒を見てもらうとして、そのあとはどうするかと紋七は思案した。

(やはり、清兵衛さんのところしかねえか)

それに、清兵衛は、楽多郎と会えないことを淋しがっていたのである。

翌朝早く、紋七は福之屋へ行き、清兵衛に昨夜のことを話した。

「命に関わるほどの怪我でなくて、よかったです。ぜひまたこちらでお世話いたしましょう。早速、こちらに来ていただくようにします」

紋七が、医者の元へ行ったときは、楽多郎は目を覚まし、朝餉を食べている最中だった。

また、福之屋が面倒を見てくれるというと、

「しかし、わしは十両の金を盗んだのだぞ。おぬしに捕まるのではないのか」

楽多郎は、当惑した表情である。

「あの金は大番頭の勘違いで、ちゃんと帳場にありやした。だから、誰も金を盗んではおりやせん」

紋七の言葉に、楽多郎はポカンと口を開けた。しばらくして、

「ははあ……なんだか知らぬが、清兵衛どののご配慮か。ありがたいありがたい。なんとも仏さまのようなお人だのう。ありがたい」

箸《はし》を持ったまま、両手を合わせて拝む真似をした。

「ろくなものを食べてなかったようでやすね」

「うむ。賭場で儲けられなくてな。あの長屋の賭場は、勝てぬぞ。いかさまをしているに違いない。だが、それがどんないかさまなのか、分からぬのだよ」

「あそこへは、なんで行ってたんでやす」

「それは、あの種吉という男が出入りしているのを見たからだ」

楽多郎は、種吉をつけて、賭場へ辿《たど》り着いたという。

「一度、博打にのめりこむと、なかなか止められぬものだ。だからといって、あのままでは、いずれ大川あたりに土左衛門となって浮かぶのが落ちだ。分かっていて放っ

ておくわけにはいかなんだ。おかねの泣く顔も目に浮かんできてな。どうにも気がかりだったのだよ。しかしなんだ、あんなに腕の立つ浪人を用心棒に雇っているとは思わなかったぞ。危なかったなあ、くわばらくわばら」

話している楽多郎を見て、紋七は、この得体の知れない浪人を怪しむ気持ちが消えているのを感じた。

（腹巻の旦那は、まだどんな人か分からねえが、悪い人ではなさそうだな）

朝餉の膳に戻り、実に旨そうに沢庵をかじっている楽多郎を見て、紋七の顔は思わずほころんでいた。

第三話　おみよの災難

一

春もたけなわ、桜も満開で、桜の名所では花見の宴が開かれている。

福之屋でも、主人の清兵衛以下、内儀と娘、そして使用人たちが、隅田堤へと繰り出した。

桜の名所といえば、上野の寛永寺だが、ここは将軍家ゆかりの寺なので、境内では飲食も、歌ったり踊ったりもできない。

王子の飛鳥山《あすかやま》も、花見客で大賑《おおにぎ》わいだが、日本橋の岩本町からは遠く、帰りの夜道が、特に女連れでは心もとない。

日暮里の道灌山《どうかんやま》は近いが、桜の数が少ない。となると、さほど遠くなく、騒ぐことのできる隅田堤がよいということになったのである。

隅田堤といっても、三囲《みめぐり》神社から、木母寺《もくぼじ》までの長い堤で、もとは大川の水除《よ》けのための土手だった。

桜の木は、亭保《きょうほう》のころ、吉宗の命によって植えられたもので、枝を折ってはいけないことになっている。

満開の桜花が覆いかぶさった堤にいると、さながら桜色の雲の中にいるようである。

福之屋一行の中には、腹巻楽多郎の姿もあった。

また、岡っ引きの紋七も、清兵衛に誘われて、そのいかつい顔を和ませながら杯を傾けている。

清兵衛とその女房おふじ、そして娘のおみよも、使用人たちの騒ぐ横で、重箱に詰めたご馳走《ちそう》をつまんでいる。

楽多郎と紋七も、清兵衛たちの近くにいて、使用人たちの大騒ぎには巻きこまれずにいた。

「なんとまあ、桜というものは、心を浮き立たせるものだなあ」

楽多郎は、しきりに桜を見上げては、感嘆している。

「腹巻さまは、花見は、あまりしないのですか」

おふじが、楽多郎の空になった杯に酒を注《つ》ぎながら訊《き》いた。

「うむ……花を愛でて酒を呑んだり、旨いものを食ったりなんぞ、ついぞしたことがないのう」

「なに、花なんかどうでもいいんでやすよ。酒呑んで、騒げさえすりゃあ楽しいんでやす」

すでに何杯も呑んで、ほろ酔い気味の紋七が混ぜっ返す。

「ふむ、こんな真っ昼間から、外で酒を呑むなど、そうそうできることではないものなあ。いったい、誰がこんな面白いことを思いついたのだ」

「さあて……」

楽多郎の問いに、清兵衛が本気で考えこむ。

「なこたあ、どうでもいいじゃねえですかい。さ、もっと呑みやしょう」

紋七が、楽多郎に杯を干せと迫る。

「こらこら、花を見ているだけで酔心地なのだからな、これ以上呑むと、からだが溶けて流れてしまうぞ」

「なに、莫迦《ばか》なこと言ってんですかい」

楽多郎と紋七のやりとりに、清兵衛もおふじも、大番頭も笑った。

ただひとり、十七になる娘のおみよだけが、ツンとした表情で座っている。

おふじに似て、愛くるしい顔立ちで、さぞ若い男を虜にしていそうだが、若いだけあって、勝気な目をしている。

おみよは、楽多郎をまだ怪しんでいるようで、ときおり、胡散《うさん》臭そうに見ていた。

福之屋一行が隅田堤に来て、一刻《いっとき》半ほど経ったろうか。

使用人たちは、もちろんのこと、清兵衛やおふじ、大番頭もほろ酔いになり、紋七に至っては、さんざっぱら騒いだ揚げ句に横になり眠ってしまっている。

楽多郎はというと、酒を呑むのはそっちのけで、花を見上げて陶然としていたが、見上げていると首が痛いと言って仰向《あおむ》けになり、いつしか轟々《ごうごう》と鼾《いびき》をかき始めていた。

「ん？……おみよはどこにいるのだい」

清兵衛があたりを見まわして、おふじに訊いた。

「おみよですか……見当たりませんねえ」

「大番頭さん、知らないかい」

「さあて……ちょっと、探してみましょう」

大番頭は、立ち上がったが、五十を過ぎて酒も弱くなっているのか、酔いでふらつく。はずみで、楽多郎の顔を踏みつけてしまった。

「ああ、こ、これは失礼をば……」

酔いも一瞬で醒《さ》め、青くなる大番頭だが、

「むむう……よく寝たのう」

楽多郎は、むっくり起き上がると、踏まれた顔のあたりをぽりぽりと掻《か》いている。踏まれたことには、気づいていないようだ。

「あれ？　あれは、おみよじゃ……」

おふじが、指差すほうに顔を向けると……。

二十間《けん》ほど先で、おみよらしき娘が、万歳をするように、こちらに両手を上げているのが見えた。

するとそばにいた男がかがみこんだとみるや、ひょいとおみよの腰に手をやり、担ぎ上げたのである。

「おみよ！」

あわてて、立ち上がる清兵衛に、担がれたおみよは、顔を上げて手を振った。だが、花見の人波に飲まれるように姿が見えなくなってしまった。

「おみよ！」

「お嬢さま！」

清兵衛とおふじ、大番頭が、おみよを探しに人波をかき分けて行ったが、おみよがどこに連れ去られたのか、まったく分からなかった。


花見どころではなくなり、使用人総出で、おみよを探し、かどわかしとして、自身番屋に届け出た。

紋七も、おみよが連れ去られた方角である、木母寺のほうへと足を延ばしたのだが、あちこち聞きまわってみても、おみよのような娘が担がれているのを見たという者はいなかった。

楽多郎はというと、紋七のあとについて、木母寺近くまで来ていた。だが、紋七がふと気づくと、その姿はなくなっていたのである。

（腹巻の旦那は、どこへ行っちまったんだ……）

楽多郎は楽多郎で、探しまわっているのだろうと、紋七は思った。

陽が暮れ始め、清兵衛は気が気でなかったが、女たちの身も心配なので、店に戻すことにした。

おふじと女中たちが、そして大番頭や丁稚《でっち》などの使用人が帰ったあと、手代数人と清兵衛が、まだ探していたのだが、行方は杳《よう》として知れなかった。

とっぷりと闇が垂れこめたころ、清兵衛はついにその日は、おみよを探しまわるのを諦《あきら》めると、手代たちを引き連れて重い足どりながらも、店へと急いだ。

もしかして、おみよがなにごともなく、帰っているかもしれないと、かすかな希望を持っていたからである。

紋七は、近くの自身番屋に詰めているというので、あとをまかせた。

家路を急ぎながら、清兵衛は、ふと、

（腹巻さまの姿が見えないが……もしかして、あの方が、おみよを連れ帰ってくれる

かもしれない)

などと、思った。なぜか、楽多郎ならそうしてくれるという気がするのである。清兵衛にとっての福の神のようになっていたのだろう。

だが、その望みも儚《はかな》く消えた。

店に戻ってみると、おみよは戻ってはおらず、しばらくして帰ってきた楽多郎は、おみよを探していたが、分からなかったと首を振ったからである。

「そうですか……」

がっくりとうなだれる清兵衛に、

「だが、わしは、おみよどのは無事のような気がするのだ。今夜あたり、帰ってくるやもしれぬぞ」

楽多郎の言葉に、藁《わら》にもすがりたい清兵衛とおふじは、そうであってほしいと願ったのだが、大番頭は、心の中で首をかしげざるを得なかった。

楽多郎は、なぜ帰ってくるかもしれないと言ったのか、そのわけを話さず、ただそんな気がすると言っただけなのである。

(ただの気休めなのだろうか)

大番頭は、そう思ったのだが……。

その夜、五つになろうというころ、おみよがひょっこりと家に帰ってきたのである。

二

ふらりと帰ってきたおみよは、衣服に汚れや乱れはないが、顔色が青ざめており、口をあまり開こうとはしない。

「いったい、どこへ行ってたんだい」

清兵衛が、なるべく優しく訊くのだが、おみよは、

「ちょっと、具合が悪かったから休んでいただけ」

と、答えるのみである。

「お前を若い男が担いで行くのを、私もおふじも、そのほか沢山の者が見ているのだよ。いい加減なことを言わずに、ちゃんと話しなさい」

詰め寄る清兵衛に、おみよは、口を引き結んだままだ。

「そんなことは、いまはいいじゃないの。明日にしましょ」

おふじは、おみよを庇《かば》った。

庇うには、それなりの理由がある。衣服の乱れがなくとも、なにか娘にとっての辱《はずかし》めを受けたのではないかと、おふじは危ぶんだのである。

清兵衛とて、それ以上は、問い詰められずに諦めた。

釈然としない思いは、自然と楽多郎に向けられた。

楽多郎の部屋にやってくると、

「腹巻さま、おみよは、どうしたのでしょうねえ……たしか、腹巻さまは、おみよが戻ってくると仰《おつしや》ってましたが、ひょっとしてなにかご存じなのでは……」

いつになく詰め寄る清兵衛に、

「戻ってくるような気がしただけのことだよ」

楽多郎は、欠伸《あくび》をしながら答えた。

「それでは、納得しかねます。もしかして、腹巻さまには、神のようなお力……そう、千里先も見通すことのできる千里眼がおありなのですか」

などと、清兵衛は言い出す始末。

「そんな力は、わしにはないぞ。わしは、天狗とか狐狸《こり》妖怪のたぐいではないのでなあ」

「そうですか……？」

まだ不審そうな清兵衛に、楽多郎は、

「ただ、連れ去られるときのおみよどのの顔つきが、さほど驚いているようにも、怖がっているようにも見えなかったのでな」

「では、どのようにお見えになったのですか。私も見たのですが、強張った顔つきで、手で助けてくれと合図を送っていたような気がしたのですが」

「手の合図はそのとおりだが、おみよどのの顔は、さらわれるのを、あらかじめ分かっていたように思われたのだ。まあ、あのときは、わしの勘違いかもしれぬので、黙っておったのだが、おみよどのを探して歩きまわっているうちに、やはりそうなのではないかという気が強くなったのだよ」

「さらわれるのを、あらかじめ分かっていたと……」

「まあ、わしの気のせいかもしれぬから、おみよどのをあまりきつく問い詰めぬほうがよいだろう」

「はあ……」

清兵衛は、楽多郎が、同じものを見ながら、まったく違った風に感じていたことに驚いていた。

（このお人は、人並み外れて勘が鋭いのだろうか……）

紋七がどう思うかも訊いてみたくなったのである。

翌日になっても、おみよの顔色はすぐれず、口は依然として重かった。

もともと勝気でおきゃんなタチだが、それが影をひそめており、まったくの別人になったような感じである。

「どうしたというのだ、おみよは」

清兵衛は、おふじに声をひそめて訊いた。

「あたしが訊いても、なにも答えてくれないんですよ……」

おふじも、困り果てているようだ。

昼前に、紋七が、おみよの戻っていることを聞きつけてやってきた。

昨夜は、木母寺近くの自身番屋に泊まって、おみよの探索に朝からかかろうとしていた矢先に、下っ引きがおみよの帰ってきたことを告げにきたのである。

「なんにも話さねえんでやすか。ですがね、自身番屋にも届けたんだ。具合が悪くて休んでいたなんてえ話は通らねえ。担いでいった男がどこの誰か、なぜ無事にけえってきたかを話してもらわなきゃならねえですぜ」

紋七は、北町奉行所の友成恭一郎にも報せたという。

その友成恭一郎がやってきて、おみよが呼ばれた。

友成恭一郎は、黄八丈の羽織のよく似合う、粋な感じの同心である。妻帯しているが、子どもはいない。

切れ長の涼しい目で、じっとおみよを見ると、

「本当のところはどうなのか、話してみちゃあくれねえか」

伝法な口調で訊いた。

「あたし、担がれたと言われてますけれど、よく覚えてないんです。気がついたら、隅田堤の桜の木の下で座っていて、夜桜見物をしている人たちがいましたけど、見ず知らずの人たちばかりだから、あわてて帰ってきたんです」

ついで紋七が、

「嘘をついちゃ、いけやせんね。あんだけの騒ぎになったんだ。それじゃあ、話がと

おらねえ」

と、言っても、

「そんなことを仰られても、あたしは、誰にも会わなかったし、騒ぎなんて知りませんでした」

この一辺倒なのである。

男に悪さをされ、それが世間に知られると、嫁の貰い手がいなくなるということからか、と思わざるを得なかった。

「まあ、それならそれでよいだろう。なんにせよ、なにもなくてよかったのだからな」

友成恭一郎は、そう言い置くと、福之屋をあとにした。

もちろん、福之屋では、相当の金子《きんす》を包んで渡している。

「昨日、清兵衛さんも訊いたそうでやすが、あっしにも、腹巻の旦那が、なぜ、おみよの顔つきから、大したことはないと踏んだのかが分からねえ」

紋七は、楽多郎のいる部屋に押しかけると、開口一番訊いた。

「そう思えただけで、間違っていたのかもしれぬのだ」

楽多郎は、うんざりするかと思いきや、うるさがらずに、淡々と答えた。

「いってえ、おみよの身になにがあったのか、なぜ戻ってきてから口を利かねえのか……やっぱり、世間体からでしょうか」

紋七のつぎなる問いに、

「だから、詳しいことなど、わしに分かるはずもない。当のおみよどのに訊くしかあるまい」

「訊いても、わけの分からねえこと言ってるばかりなんでやす」

「なら、仕方なかろう。同心の友成どのも、なにもなかったことでケリをつけたのであろう？」

「ですがねえ、どうにも腑《ふ》に落ちないんでやすよ。なにか、こう、喉《のど》に魚の骨が刺さったまんまのような……ね」

紋七は、楽多郎を上目づかいで見た。

「なんだ、気持ち悪いな」

楽多郎が、顔をしかめる。

「旦那、なにか思っていることがあるんじゃありやせんか。なんで、おみよが黙っているのか、旦那なりの推量が」

「そんなもの、あるわけなかろう。だいいち、わしは、あれこれと思案するのが、面倒くさくてかなわんのだ」

「本当にそうでやすか」

「くどいのう。なにかあったら、真っ先に、紋七親分にご報告いたそう。それよりもだな、昼餉《ひるげ》がもうすぐだ。腹が鳴ってたまらぬわ。早く持ってきてくれと、女中に言ってもらえぬか」

紋七は、体よく楽多郎の部屋から追い出されてしまった。

（まあ、いいか。なにごともなかったのだからな）

それに、清兵衛は友成恭一郎だけでなく、紋七にも、相当の金子を、厄介をかけた礼として渡してくれていたのである。

あまり波風立てるのも得策ではないだろうと、紋七は福之屋をあとにした。

昼餉が済み、楽多郎はごろりと部屋に横になっていた。

店の表からは、呉服を求める客と応対する手代や番頭の声が聞こえてくる。

うとうととまどろんでいた楽多郎は、ふと目を覚ました。

楽多郎にあてがわれた部屋は、中庭に面しているが、庭に人の気配がしたのである。

腰高障子を少し開けて、庭を見やると、そこには、おみよがひとり、小さな池の前で向こうを向いてたたずんでいた。

おみよは、ただたたずんでいるだけで、なにをするでもない。

しばらく様子をうかがっていると、おみよが深い溜め息をついた。

そして、いきなりしゃがみこむと、肩を激しく震わせ始めた。どうやら、声を殺して泣いているようである。

楽多郎は、がらりと腰高障子を開けた。

はっとして、おみよは立ち上がるが、振り返ることはしない。

「ふわーっ」

楽多郎は、大きな欠伸をすると、

「おお、そこにいるのは、おみよどのではないか」

おみよの背中に声をかけた。

ちらりと後ろを振り返り、おみよは、

「お昼寝ですか。いいご身分ですこと」

刺《とげ》のある口調で言った。

「うむ。こんなによい身分はないの。それもこれも、あんたの父上である清兵衛どののおかげだ。足を向けて眠れんわ。あははは」

楽多郎の笑いを、おみよは無視して、ただたたずんでいるだけである。

縁側に出ると、庭石に置かれた下駄をつっかけて、楽多郎は庭に降りた。

スタスタとおみよの側へ寄る。

おみよの体が強張るのを楽多郎は感じた。

「辛《つら》いことがあるようだが、どうやら親にも同心や岡っ引きにも話せぬようだな。どうだ、わしに話してみんか。ぜったいに漏らすことはせぬし、力になれるのならば、骨身は惜しまぬぞ」

いきなり、こう持ちかけたのだが、

「………」

おみよは黙ったままだ。心を開くまいという強い気持ちが、体から強く放たれているように、楽多郎は感じた。

「ふーむ。なにも話したくないか。ならば、仕方なかろう。ただな、あんたひとりで抱えこんでいては、どうにもならぬかもしれぬぞ。わしに話さずとも、なにかせねばいかんな」

楽多郎は、くるりと踵《きびす》を返すと、縁側へと戻り始めた。

「なにかしろって……他人事《ひとごと》だと思って」

おみよは、吐き捨てるように言うと、

「図々しいやつ……いなくなるといいのに」

つぶやいたが、声は小さくはなかった。

楽多郎は、立ち止まると、

「あんたは、わしが好きでないようだの。出て行ったほうがよいかなあ」

振り返って訊いた。

「嫌いです。父がどう思っていようと、あなたのようなむさ苦しくて、ただごろごろしているようなお人は、家にいてほしくはありません」

池を見たまま冷たい声で言った。

「そうか……それは悲しいではないか。わしは、おみよどのを好もしく思っておるのだがなあ……」

楽多郎は、しょんぼりと肩を落したが、

「まあ、嫌いなのを好きになってくれとも言えんしな。わしが出て行くしかないか。ただのう、このことは、清兵衛どのには黙っていてもらいたいのだ。また引き止められたら、出て行きにくくなってしまう。わしは、安きに流れるタチなのだよ」

ふふっと、楽多郎は自嘲《じちょう》気味に笑うと、部屋に戻って行った。

三

楽多郎は、部屋の中で、また横になると、目を閉じた。

おみよはというと、中庭で池を見つづけていたが、一度、振り返ると、楽多郎の部屋を見やった。

もちろん、腰高障子が見えるだけである。

溜め息をつくと、また池に目を戻す。

どれだけときが経ったのか……。

ついに、おみよは、首を軽く横に振ると、庭に背を向け、まっすぐに楽多郎の部屋へと歩きだしたのである。

「腹巻さま、お話があります」

腰高障子に向かって、おみよは声をかけた。

部屋の中で、ごそごそと楽多郎の起き上がる音がし、障子が開いた。

「そろそろ寒くなってきたのではないかの。部屋に入ったらどうかな。火鉢に当たるとよかろう」

楽多郎の言葉に、ぎこちなくうなずくと、おみよは部屋の中に入った。

火鉢の側に、おみよを座らせると、楽多郎は、腰高障子を閉め、そのまま障子の近くに胡座《あぐら》をかいた。

おみよは、表情を固くして、

「さっきは、いなくなればいいなどと……失礼なことを言いました」

楽多郎と目を合わそうとせずに言う。

「それはよいよ。本心なのだから、おためごかしを言われるより、よほどいいのだ……あはは、まあこれは少し強がりかな」

「話を聞いてほしくはありませんでした。でも……」

おみよは、顔をしかめると、

「ほかの誰に話してよいのか……腹巻さま以外に、どうしても思いつかないのです……」

「それは悔しかろう。まあ、わしが嫌いでも、これだけは信じてほしい。わしは、ぜったいに口外はせぬ。口が堅いのは、わしが唯一、ひとに自慢できるところだな」

楽多郎は、自分で言うのも妙だなと、顎《あご》をぽりぽりとかいた。

「ただ、聞いてもらうだけでは駄目なのです。なんとか……」

おみよは、いまにも泣きだしそうに顔をゆがめる。

「わしがどれだけの力になれるか分からぬぞ。話を聞いて、こりゃ駄目だと匙《さじ》を投げるやもしれぬ。期待はずれでも、恨まんでくれ」

おみよは、俯《うつむ》いていたが、意を決したように顔を上げ、話しだした。

「あたしを連れ去ったのは、太助という大工なのです」

太助は、福之屋のある岩本町からほど近い、紺屋町の長屋に住んでいるのだが、去年の末に浅草奥山へ遊山に出かけたおり、知り合ったのだという。

「友だちと二人でいたので、心細くもなかったし……」

　太助に射的場に誘われて、しばらく遊び、楽しかったのだという。

　それから、示し合わせては、昼間に何度か会ったそうだ。

「ただ、楽しいから会っていたのに、太助さんは……その、あたしを娶《めと》りたいとまで言い出して」

　福之屋のひとり娘で、あとを継ぐことになっている。いずれは、婿をとらねばならない身だ。

　さらに、太助に対して、それほどの気持ちはなかったのである。

「でも、太助さんは、あたしのこと以外、なんにも見えないと言う始末で、うんと言わなかったら、かっさらってしまうって……」

　その言葉に、おみよは、つい、

「なら、さらえばいいでしょ。本当は、そんなことできないくせに」

　煽《あお》るようなことを言ってしまったのだという。

　そのときは、人の多い表通りにある汁粉屋でのことだったので、太助は、

「いまに、さらいに行くからな」

と、言うのが精いっぱいだった。

おみよは、太助が本当にさらいにくるとは思っていなかったが、万が一のために用心し、なるべく家から出ないようにし、習い事のときには、友だちと一緒にいるようにした。

そのせいで、ここ十日、なにごともなく過ぎ、もう大丈夫かなと思っていたという。

「花見で、みんな酔っぱらって、あたしは、うんざりしてしまって……それで、あたりをぶらついていたのです。まさか、隅田堤まで、太助がつけてくるなんて思いもしなかった……」

いきなり、花見客のあいだから、太助が飛び出してきたときには、驚いたが、あっというまに、担がれたときには、この人は、本気だったんだと、嬉《うれ》しさがこみあげてきた。

「なるほどなあ……それで、担がれたときの、おみよどのの顔が、怖がっているようには見えなかったわけが分かったよ」

楽多郎は、しきりにうなずく。

「そのまま担がれて、太助さんは凄《すご》い勢いで、隅田堤から離れたんです。途中で、もう担がなくていいからとあたしが言って……」

おみよは、逃げないと約束することで、下ろしてもらったという。

本気でさらう気になってくれたのは嬉しかったのだが、だからといって、惚《ほ》れてしまったわけではない。やはりそのまま一緒に暮らすなど、どうやってもできるわけがないと思った。

あまりにのぼせてしまった太助の気持ちを冷まして、とにかくこの場を乗り切ろうと、おみよは思った。

太助は、おみよを連れて行く先を決めていたようで、おみよの手を引っ張り、雑木林の中にぽつんと建っている一軒のあばら屋へと入って行った。

あばら屋は、屋根も四方の壁も、風雨に晒《さら》されつづけたせいか、傷みで黒ずんでおり、いつから人が住まなくなったのか定かでないほど古びていた。

蜘蛛《くも》の巣だらけだろうと思ったが、天井に蜘蛛の糸の切れ端がぶら下がっているだけだ。おそらく、太助が巣をはらっていたのだろう。

「頭に血が上ったままの太助さんは、あたしと契らないと、家には帰さないと言い張って……」

おみよは、心底困り果て、それまでは軽く扱えると思っていた太助に、恐怖さえ感じてきた。

太助が、おみよに覆い被さってきた、そのときである。

「誰かが、あばら屋に近づいてきたのです。それもひとりではなくて、何人もの足音が聞こえてきました」

あわてた太助はおみよを引っ張ると、あばら屋の奥の部屋へと隠れた。

足音の主たちは、はたしてあばら屋に入ってきた。

戸を閉めると、入ってきた者たちは、おみよと太助のいる部屋の隣で、ひそひそと話をし始めたのである。

「明日、新月の夜に、いよいよ小牧屋へ押しこむ。いま一度、手筈《てはず》をたしかめておこう」

「へい」

「おぬいが九つ前に勝手口の閂《かんぬき》を外しておく。俺たちは、そこから入りこんで、手早く働く。なにかあったときの合図は？」

「梟《ふくろう》の声だ」

「歯向かう者があった場合は？」

「たとえ女や子どもであっても、速やかに殺す」

「そうだ。つまらぬ仏心を起こすなよ」

恐ろしい会話を盗み聞いたせいか、おみよは体が激しく震えだした。

太助は、おみよを見て、あわてた。体の震えを止めようとして動いたとき、腐った畳の底がメリッと音を立てた。

「なんの音だ……」

隣の部屋で、ぴんと緊張が張り詰めたのが分かる。

「こんな壊れそうな家だ。どこかで音がしたとしても、不思議じゃねえ」

「そういや、そうだな」

太助とおみよは、この会話で、胸をなでおろしたのだが、

「おい、待てよ。その襖《ふすま》のところにあるのはなんだ」

「え……これですかい」

しばらく間があり、とつぜん、がらっと襖が開けられた。

「おめえら、ずっとここにいたのか」

太助とおみよは見つかってしまったのである。逃げようにも、あっというまに、後ろ手にされ、縄で縛られてしまった。

「こいつは、おめえたちが運んだんだよ」

頬に傷のある男が、口許をゆがめて笑いながら、指で挟んだものを二人に突き出して見せた。

それは、一片の桜の花びらだった。隅田堤で、太助かおみよの体についたままだったのだろう。

男たちは、四人いた。そのうちのひとりが、

「こいつら、ここでバラしておきますか」

「だが、血の臭《にお》いで犬でも入ってきたらまずいぞ。死骸《しがい》が出てきたことで、奉行所や火盗改めが動きだすと面倒だ。しかも、この娘は、上等な振袖を着ているじゃあねえか。簪《かんざし》も値が張りそうだ。けっこうな金持ちの娘らしいな」

頬に傷のある男が応える。口の利き方から、頭領だと思われた。歳は三十くらいだろうか。ほかの三人は、男より少し若いようだった。

「親を脅して、金を奪いやすか」

「莫迦。そんなことをすると、捕まるのが落ちだ。俺の言いたいことはだな、金持ちの娘を捕まえたままにしておくと、娘を探しまわっている奴らがうるさいってことだ」

「家に帰すわけには行きやせんぜ」

「だが、帰さねえと、夜っぴて、店の者や役人が探しまわることになったりする。それじゃあ、仕事がやりにくくてかなわねえ。明日の盗みも上手く行かねえかもしれねえぜ」

「だったら、どうするんで？」

「そうさな……この男は、見たとこ、職人だな。おい、おめえはなにをしてやがんだい」

太助は、大工をしていると答えた。さらに、親はすでに亡く、長屋で独り暮らしだということまでも言わされた。

「おめえたち、こんなところで逢い引きしていたところをみると、いい仲なんだろうな」

この問いに、太助は胸を張り、

「ああ、そうさ。俺たちは夫婦になるんだ」

こんなときでも、ひとりで決めて、おみよにはなにも言わせない。

頭領の男の巧みな問いかけに、太助は、おみよが、どことまでは言わなかったが、大店《おおだな》の娘であることまでも喋《しゃべ》った。

「やはりな。こいつは都合がいいじゃねえか」

頭領がにんまりした。

「なにがどう都合がいいので？」

子分の問いに、

「この男を人質にするのよ。娘は帰す。親たちを安心させるためにな。だが、この言い交わした男が人質なら、なにも喋らねえだろう。な、娘、話したら、この男の命がないことは分かってるよな」

おみよは、うなずいた。

とにかく、無事に帰ることができるならば、なんでもよかった。

ただ、帰ってきてほっとしたあとは、太助のことと、小牧屋のことが気になってきたのである。

小牧屋という名前の店を、おみよは知っていた。

浅草の並木町にある呉服屋だった。

福之屋とは、同じ呉服屋ということで、よく会合で主人同士が会っており、仲もよいらしい。おみよは、清兵衛とおふじの会話に出てくる小牧屋という名前に覚えがあったのである。

（あたしがなにも言わなければ、小牧屋さんに押しこみが入ってしまう。でも、それを役人に言ったことがバレたら、太助さんの命がない。それに、あたしのところへも仕返しにくるかもしれない）

そう思うと、怖くて、なにも話せなかったのだと言う。

「でも、誰かに言わなくちゃと……役人に話すにはためらいがあって、それでお武家なら、なんとかしてくれるのじゃないかと思って」

おみよは、すべてを話し終わって、ぐったりとなった。張り詰めていた気が緩んだのである。

だが、楽多郎に話したからといって、それでなにもかもが上手くいくわけではなかった。

「おみよどの、わしに話して楽になったつもりのようだが、そうは行かぬぞ。わしひとりで、押しこみを防ぐことは難儀だ。もしできたとしても、同時に太助とやらの命を助けるのは、無理というものだ。わしは、ただの浪人に過ぎぬのでな。悪いが、紋七に話したほうがよいぞ」

楽多郎は、突き放すように言った。

「で、でも……それでは、太助さんがすぐに殺されてしまいます」

おみよは食い下がる。

「わしに、なんとかしてほしいのは分からんでもないが……それに、せっかく、嫌な奴と思われていたのに頼まれたのだからなあ……」

楽多郎は、腕を組んで思案した。

押しこみがあるのは、その夜のことである。

悠長に構えている余裕はなかった。

四

楽多郎は、まず、太助とおみよが押しこみの話を盗み聞いたあばら屋へ行くことにした。

あばら屋に、まだ太助が囚われているのなら、救いだせばよい。そのあと、紋七に知らせればよいのである。

だが……おみよに教えられたとおりに歩き、辿《たど》り着いたあばら屋には、誰もいなかった。

七つ半になっていたので、もうあたりは薄闇に包まれている。

楽多郎は、誰もいないことをたしかめると、持ってきた提灯に火を灯した。

あたりを丹念に見てみるが、二人が見つかったきっかけとなった、桜の花びらが萎《しな》びて落ちているのが目についただけである。

（ここは、隠れ家には絶好の場所だったようだが、おみよどのと太助のせいで、使えなくなったというわけか）

おみよが、家に戻って誰かに話すとは思っていまい。万が一のために、隠れ家を手放したのだろう。

楽多郎のような浪人が、大店に居候しているとは思いも寄らなかったに違いないのである。

(だがなあ……これでは、押しこみの前に、太助とやらを助けるわけにはいかないではないか)

楽多郎は、どっかりとあばら屋の畳の上に座りこんだ。

どすん!

音がして、楽多郎の尻が畳にめりこんだ。畳に穴が開いたのである。

提灯のあかりは、消えかけたが、まだついている。手を伸ばして、無事な畳の上に置く。

「この腐れ畳め!」

楽多郎は、すっぽりと畳にはまりこんだ尻を抜くために、両手をつっぱり、苦労しながら這《は》い出した。

(おみよどのと太助のせいばかりでなく、もうこの隠れ家は使えないではないか……）

畳の下の板までもが腐っているのである。

楽多郎は、また畳を踏み抜かないように慎重に歩くと、あばら屋の外へ出た。太助の行方は、まったく分からなくなってしまった。

（紋七に押しこみのことを告げて、張りこませ、強盗の一味を捕らえて、太助が囚われているところを白状させるか……）

それが、いまするべき最上のことだと思うのだが……、

（もし、一味の者に逃げられ、捕まえた奴に白状させる前に、太助を殺されでもしたら……）

おみよへ顔を向けられないと、楽多郎は思った。

（まいったなあ……太助は助けたいし、押しこみも防ぎたいし、どうすればいいのだ？）

冷静に思案すれば、太助が死ぬことになるかもしれないが、紋七に押しこみのことを告げるべきなのだろう。

だが、どうしても、楽多郎にはそのふんぎりがつかなかった。

夜は更けて行き、押しこみの行なわれる九つが近づいてきた。

新月で、月の光は差してこない。

小牧屋のある並木町は、どっぷりとした闇のなかに沈んでいた。

春とはいえ、夜はまだ寒い。店は雨戸を閉め切り、しんと静まり返った通りには、人の姿はまったくない。

ときおり、猫が音もなく、通りすぎていくだけであった。

ひたひたひたと、足音が小さく響いてくる。

闇のなかで、蠢《うごめ》く者たちの気配が、小牧屋の周辺でした。

やがて、九つの鐘が遠くから聞こえてくる。

しばらくして、小牧屋の勝手口の閂が外れる音がした。

闇が小牧屋に向かって膨らんできた。膨らんだ闇の中には、四つの黒い影が潜んでいる。

ぴーっ！

突然、一町ほど先で、呼子の笛の音がした。

膨らんだ闇が固まる。

バタバタバタと走る音がし、

「泥棒だ。あっちへ逃げたぞ」

男の怒鳴る声が聞こえてくる。

走る足音は、小牧屋のほうへと近づいてきた。

その足音を追って、何人かの足音がつづく。

ダダダッと、小牧屋の前を、走り抜ける音がし、足音が迫ってきた。

ぴーっ、ぴーっ！

呼子の笛の音はさらに吹きつづけられ、まわりの家のあかりがつぎつぎとつきだしたのが、雨戸の隙間から漏れてくる光で分かった。

小牧屋でも、起き出した者がいるようだった。

足音が小牧屋の前を通り過ぎ、あとにつづく足音がする。

いつしか、小牧屋に向かって膨らんでいた闇は元通りになり、闇に潜む四つの気配は、消えていた。

「畜生、同じ夜に近くで盗み働きをしようって野郎がいたとはな」

「それも、気づかれて追われるなんざ、とんだドジな奴だぜ」

酒をあおりながら、声をひそめて、男たちは愚痴をこぼしていた。

そこは、並木町と近い諏訪《すわ》町にある船宿である。

男たちは、頬に傷のある男を含めて四人。隅田堤近くのあばら屋にいた男たちだった。

男たちのほかに、船宿に人はいない。持ち主が宿のやりくりに行き詰まり、夜逃げしたあとの無人の船宿なのである。

「伝蔵親分、小牧屋へは、いつ押しこみやす？」

ひとりが、頬に傷のある男に訊いた。伝蔵という名前らしい。

「あの近くで盗みがあったのだからな、店も戸締りに気をつけるだろうし、夜の見廻りもきつくなるかもしれねえ。しばらくは大人しくしていたほうがいいだろうな」

「どのくらいでやす？」

「そうだな、まあ十日も経てば、気もゆるむってもんだぜ」

「あの男は、どうしやす。あのまま放っておいていいんでやすか」

「どうせ十日も待つのだ。殺してしまうか。それと、あの娘だ。岩本町の福之屋の娘だと言ってたな。小牧屋への押しこみを知っている以上、あの娘も殺してしまおう」

「どうやって？」

「外で、すれ違いざまにブスリとな……あの男に文を書かせて、おびき出そう。言い交わした仲だから、喜んで出てくるだろう」

「じゃ、早速、明日の朝、あいつに文を書かせに行ってきやすぜ」

「そうだな、頼んだぜ」

伝蔵は、三人を見まわして言った。

この話を、楽多郎は、天井裏に潜んで聞いていた。

小牧屋近くでの盗み騒ぎは、楽多郎の仕業だった。

わざと、並木町にある店の勝手口をたたき壊し、店の者が出てくる前に、自身番屋にも、

「泥棒だあ」

と、自ら大声をかけて走ったのである。

呼子の笛が鳴り、楽多郎は小牧屋の方角へと走った。

小牧屋の前を通りすぎると、物陰に潜み、追手をやり過ごすと、今度は、潜んでいた気配を探り、その後をつけて行った。

すると、四人の男たちは、諏訪町の船宿へと入って行ったのである。

四人は、しばらくすると、酒を呑むのをやめて、眠った。

鼾と歯ぎしりが、天井裏に聞こえてくる。

楽多郎も、ついつられてうとうとと眠りに落ちて行った。


「おい、あの鼾はなんだ」

むっくり起き上がった伝蔵が、ほかの三人を揺り起こして、小声で言った。

障子からは陽が差しており、すでに五つ近くなっていた。昨夜、盗みから帰って酒を呑み、寝るのが遅くなったからである。

「な……なんでやす？　鼾でやすか……」

目をこすりながら、三人は耳を澄ます。

鼾は、どうやら天井裏から聞こえてくるようだ。

「槍があったら、突きたててやるところだがな」

伝蔵は、匕首《あいくち》を抜くと、手で、三人に台になれと命じた。

二人が並んで膝と手をつき台になり、その上にもうひとりが乗り、膝と手を両方の背中に置いた。

伝蔵は、ひょいと一番上の男の背中に乗り、天井目がけて、思い切り匕首を突きたてる。

ドスっ！

音がして、匕首が天井の板に突き刺さった。

五

「うわっ」

天井裏から、大声が響いた。

伝蔵は、匕首を引き抜く。

だが、匕首の刃には、刃先に血が少しついているだけである。

「くそっ」

伝蔵は、再び天井に匕首を突き刺したが、今度は声も聞こえず、わずかな手応えもなかった。

すると、天井裏に忍んだ者が逃げるせいか、ぎしぎしと天井が鳴り、埃《ほこり》がぱらぱらと落ちてきた。

「つかまえろ！」

伝蔵を先頭に、男たちは、忍んでいた者の姿を探しに部屋から飛び出した。

部屋から部屋へと探しまわると、奥まった一室の天井板が外れ、その真下の畳に、血が二滴落ちていた。

「まだ外には出てねえぞ。探せ、探せ！」

四人は、船宿の中をしらみ潰《つぶ》しに探しまわったが、ついに侵入者の姿を見いだすことはできなかった。

「外に逃げていたとは、素速い野郎だ。いってえ誰だったんでやしょう？」

「見当もつかねえ。あの娘が、誰かにバラしたのか……分からねえが、とにかく大事をとって、ここを引き上げよう」

伝蔵の言葉に、三人も荷物をまとめると、無人の船宿をあとにした。

男たちが出て行くと、すぐに外れた天井板から、楽多郎が降りてきた。

ポタポタと顎の先から血を垂らしている。

部屋に置きっぱなしの兵児帯《へこおび》を見つけ、それを顎に押し当てた。

外に出て、路地から表通りに出ると、はるか先に、歩いている男たちの姿が見えた。

(間に合ったな。それにしても、危なかったのう……)

鼾の聞こえるところに匕首が突き刺さったため、顎をかすめた。

あと少し匕首の刺すところがずれていたら、楽多郎は顔を串刺しにされていたかもしれなかったのである。

(油断は禁物だな。天井裏で眠ってしまうとは、わしもとんだうつけ者だのう。まあ、済んだことは仕方ない)

兵児帯を顎に押し当てたまま、首にぐるぐると巻いた。遠目からだと、なにを巻いているのか分からないだろう。

それにしても、妙な格好なので、すれ違う人々が、じろじろ見てくるのには閉口した。

楽多郎は、通りすがりの店で菅笠《すげがさ》と手拭《てぬぐ》いをそれぞれ買い求めた。

兵児帯は捨て、菅笠を目深にかぶり、手拭いで顎を押さえて血止めをする。

男たちは、諏訪町を抜けたあたりで、二手に分れた。

二人は、黒船町の表通りに、あとの二人は、右へ折れて行った。

楽多郎はあとをつけながら、頬に傷のある男だけをたしかめていた。おみよから聞いたとおり、どうやらその男が頭領らしい。

(すると、伝蔵親分というのは、あの傷の男ということになる)

その伝蔵は、右へ折れた二人のうちのひとりである。

(太助をどこかに閉じこめ、それを口封じのために殺すとなれば、親分が直々に手を下すことはあるまい)

楽多郎は、伝蔵のあとはつけずに、もう一方の二人のあとをついて行った。

二人は、黒船町の路地に入った。

歩いている楽多郎の腹がぎゅるぎゅると鳴る。

(あやつら、朝飯を食べておらんぞ。よく腹が減らぬものだのう……ひと仕事、終えてから食べるというわけか。朝飯まえのひと仕事か。それほどに、太助を殺すことなどたやすいというわけかのう)

手拭いを離すと、もう血は止まっていた。手拭いは、腰に下げる。

路地も奥まって、人気《ひとけ》がなくなってくる。

そろそろ、太助を捕らえている場所かなと思っていると、はたして二人は、黒船町の路地裏にぽつんとある稲荷へと入って行った。

あたりを見まわしているが、そのとき、楽多郎は、天水桶の陰に潜んで、姿を隠していた。

誰もいないのをたしかめると、ひとりが祠《ほこら》を開けようとした。

楽多郎は、天水桶の陰から飛び出すと、一散に祠に向かって駆ける。

迫ってくる足音に、ギョッとして、二人の男が振り返った。

菅笠を被ったままの楽多郎が目に入ると、二人は、あわてて懐から匕首を取りだして抜いた。

匕首を突きつける二人に、楽多郎は躊躇《ちゅうちょ》なく飛び掛かる。

「なんだ、てめえ」

びゅんびゅんと匕首を振りまわす二人だが、楽多郎は、避ける風でもないのに、匕首が空を斬《き》った。

つぎの瞬間、

「うっ」

「ぐっ」

二人は口々に呻《うめ》くと、その場に気を失って倒れた。

楽多郎の拳が二人の脾腹《ひばら》をたたき、それぞれ気を失ってしまったのである。

「なんと、凄い手並みだの、わしは。気をしっかり持っていれば、これだけの技を遣えるのになあ……」

天井裏で居眠りした失態を思い出して、いまの自分の見事な当て身との落差に苦笑いする。

祠の中を覗《のぞ》くと、猿ぐつわをかまされ、手足を縄でぐるぐる巻きにされた太助が転がっていた。

ぷんと鼻をつく臭いがする。我慢できずに、失禁したらしい。

「しっかりしろ」

祠から太助を引っ張りだして、猿ぐつわをとると、楽多郎は声をかけた。

「み、水を……」

うっすらと目を開けた太助は、かすれた声で言った。

太助を縛ってあった縄で、気を失っている二人を一緒に縛り、楽多郎は、太助を背負って、黒船町の自身番屋へと駆けこんだ。

駆けつけてきた岡っ引きに、太助の世話と、気絶した二人の始末をまかせ、楽多郎は、焼き芋をむさぼり食っていた。

木戸番屋では、そこに住む番太郎が、内職で食べ物や草鞋《わらじ》などを売っていることが多い。

木戸を挟んで、自身番屋と木戸番屋は向かい合っており、楽多郎は、木戸番屋で買った焼き芋を持って、自身番屋で食べていた。

「おやおや、腹巻の旦那ですかい。なんでここにいるので？」

自身番屋の腰高障子を開けて、紋七が現われた。

「う……うっぷ」

驚いた拍子に、芋が喉に詰まり、楽多郎は目を白黒させた。

咳きこんで、ようやく落ち着くと、

「も、紋七親分がなんでここにいるのだ」

日本橋北を、もっぱら縄張りとしている紋七なので、浅草方面に出張ってきているのが意外だったのである。

「いやね、紺屋町に住んでる大工の太助ってえのが、昨日から仕事場に来ねえで、おまけに、一昨日《おととい》の夜から長屋に帰ってきてねえ。ところが、一昨日、隅田堤近くで見かけたってえ花見の客が紺屋町にいたもんでね。なにか手がかりがねえか、番屋で訊こうとしたところでさ。そしたら、旦那がいたってわけでやす。あっしの顔見て、驚いたようでやすが、あっしだってびっくりでさ」

「なるほどな。しかし、二日くらい仕事に行かなかっただけの太助を、なんでそんなに探すのだ」

太助なら、いなくなっても誰も騒がないだろうと、伝蔵たちは思ったのである。だから、おみよを放して、太助を捕らえていたのだった。

「太助ってやつは、将来楽しみな大工だってんで、大工の棟梁だけでなく、棟梁の内儀さんの覚えもいいんでやすよ。毎朝、挨拶《あいさつ》にくるのに、ここ二日来ないから、内儀さんが心配するのなんのって。まあ、若いから、悪い女にでものぼせ上がって、二日泊まりつづけてるんじゃねえかと思ったんですがね。あまりにうるさいんで、一応出てきたってわけでやす」

「そうか……そんなに腕がいいのか、太助は」

「それに、面のほうもなかなかなんでね……そんで、内儀さんが気に入ってんじゃねえかと……まあ、これはあっしの思い過ごしかもしれねえんでやすが。それより、あっしの訊いたのが先だったんでやすがね」

「おう、なんで、わしがここにいるかってことか」

楽多郎は、にやりと笑うと、

「親分の探してる太助は、ここにいるぞ」

襖で仕切られた次の間を指差した。

自身番屋は、とっつきの座敷のつぎに、もうひとつ座敷がある場合とない場合がある。その奥には、例外なく、罪人をつないでおく板の間がある。

黒船町の自身番屋には、座敷は二つあったのである。

太助は、水を飲ませてもらい、医者の診察を受けたのちに、横になっていた。医者は、疲れで弱っているので、好きなだけ寝させておき、起きてきたら、粥《かゆ》を与えるようにと言っていた。

「ほんとうでやすね」

紋七は、半信半疑でつぎの間を見て、太助が寝ているので驚いた。

縄張り内に住む者をすべて知っているわけではないが、大工の家にはよく行くので、そこで飯を食わせてもらっている太助は見知っている。

楽多郎は、紋七に、ここまでの顚末《てんまつ》を語って聞かせた。

「旦那も、無茶なことをしやすねえ……そうしたことは、あっしに教えてくれなくちゃ困りやすぜ。もし、夜に騒ぎを起こしたときに、役人に捕まったら、なんて言い訳するつもりだったんですかい」

紋七は、あきれ返っている。

「捕まったら、そのときに考えればよいことだ。ともかく、小牧屋への押しこみは防げたのだから、それでいいのではないかの。それに、おみよのから、紋七親分や役人には言うなと念を押されていたのでな」

「だからって……まったく」

紋七は、溜め息をつくと、

「で、その伝蔵ってのは、どこにいるか分かりやすか」

「皆目分からぬ」

「でしょうね」

紋七は、自分の縄張りでないことも忘れて、板の間につながれている二人を問い詰めてやると息まいた。

六

紋七のやる気は報われず、すぐにやってきた奉行所の同心と岡っ引きが、二人の男の吟味をした。

二人は、かまいたちの伝蔵一家の者で、並木町の小牧屋への押しこみをしようとしていたことと、太助を監禁したいきさつを白状した。

そして、小牧屋に入りこんで、伝蔵たちを引き入れようとしていた、おぬいという女中も捕縛されることになったのである。

だが、伝蔵ともうひとりの男である粂吉《くめきち》は、捕まらなかった。

捕まった二人との待ち合わせ場所になっていた茶屋へ、捕り方たちが向かったときには、すでに姿はなかったのである。

小牧屋への押しこみは、もうないだろう。

伝蔵と粂吉は、江戸から逃亡を図るのではないかと思われ、江戸の町だけでなく、各関所に、人相書きが出まわった。

それでも、二人の行方は杳《よう》として知れなかった。

楽多郎へのおみよの振る舞いは、以前のような冷たいものではなくなった。

だが、親しげになったというわけではない。

「おみよは、腹巻さまに感謝しているのですが、それを素直に言えないようなのです。叱《しか》っても、なにも答えずに黙ったままでして、わが娘ながら、しょうのないことで」

清兵衛は嘆くが、楽多郎は意に介さず、

「いや、面と向かって感謝されるのは、かえって照れくさくてかなわぬよ」

あははと笑っていた。

（もう少し、ここに厄介になってもいいということかのう……）

楽多郎は、おみよに出て行くと言ったことを思い出したが、今回のことで、まだいいかなと虫のよいことを考えていた。

太助はというと、体の回復は早く、すぐに大工の仕事に戻った。

おみよについては、近づくなと棟梁にきつく言い渡されたのだが、それを不服に思っているかどうかは、顔に出さないようである。

そして、七日が過ぎた。

浅草奥山へ、久しぶりにおみよが行くという。

伝蔵がなにかしてくるとは思えないが、念のために、ずっと家に籠《こ》もっていたのである。

もういいだろうということで、気晴らしの遊山の許しが清兵衛から出た。

小唄の稽古で一緒のおたまという友だちとだが、念のために、手代の隆吉という若い男と、清兵衛の頼みで、楽多郎がついて行くことになった。

桜の花はあらかた散り、たまに感じていた肌寒さもなくなり、ただ歩いているだけで、浮かれた気分になってくる。

おみよは、楽多郎がついてくることを、さほど嫌がりはしなかったが、少し離れてついてきてくれと注文を出した。

「だって、腹巻さまはむさ苦しくて、おたまちゃんが怖がるし、いかにも用心棒がついてますって、まわりに言い触らしているようだから」

おみよの言い分ももっともなので、清兵衛も叱りづらいようだった。

楽多郎はというと、どうせ危ないこともないだろうから、離れてついていくことになんら不満はなかったのである。

そのために、楽多郎は、なにかおみよに異変が生じても、すぐさまそばに行くことは出来なくなった。

あちこちで、大道芸人がおり、人気に応じて、囲む人の輪が大きかったり小さかったりとさまざまだ。

人気なのは、独楽《こま》まわしで、達者な客とのやりとりを交えながら、誰でもが遊ぶ独楽を使って、余人のとても真似の出来ないまわし方をする。

拍手喝采を浴びながら、歯磨きを売りこんでいるが、こちらのほうが本業といってよいだろう。

豆と徳利を使って曲芸を演じる豆蔵も、独楽まわしに負けずとも劣らぬ人気があった。

さらに、居合の人垣も大きい。高下駄を履いて、積み上げた三方の上に乗って、長太刀での居合を見せている。

おみよとおたまは、興味津々《しんしん》で、あちこちの大道芸を見てまわり、物売りの店をひやかしながら、実に楽しそうにしていた。

楽多郎はというと、そんな二人と手代の隆吉を目の端に止めながら、自分も物珍しさ丸出しの目つきで、あちこちと首をめぐらせている。

ふと、楽多郎は、気になるものを見た気がした。

(な、なんだ……)

それがいったいなんなのか、咄嗟《とっさ》に気がつかない。

もう一度ゆっくりとまわりを見まわすと……手拭いを頬被りした町人が気になる。

たしか、さきほど見たときには……、

(そうだ、頬だ)

その男の頬被りの手拭いの隙間から、傷痕が見えた気がしたのである。

男の隣に、もうひとり、これも顔を隠すように首と口許を、襟巻きで覆っていて、季節柄、少し妙である。

頬に傷のあるのは、かまいたちの伝蔵であり、もうひとりは子分の粂吉であるに違いない。

二人は、じっと同じ方向を見ていたが、ゆっくりと歩きだした。

（い、いかん！）

彼らの視線の先には、おみよとおたまと隆吉の一行がいる！

楽多郎は、二人の男に近づこうとするが、人ごみのために、思うように先へ進めない。

二人の姿が、見え隠れしているが、どんどんおみよたちに近づいているのは分かった。

（このままでは、間に合わぬぞ……）

伝蔵と、その子分の体には、鬼気せまる殺気がみなぎっている。片手を懐に入れているのは、匕首を握っているからか。

二人の子分が捕まったことへの恨みが、おみよへ向けられているのだろう。言いがかりだが、誰かを恨まねば気持ちがおさまらないのに違いない。

楽多郎は、人ごみに邪魔されて、前へ思うように進めない。

諦めたのか、立ち止まってしまった……だが、

「さあさ、お立ち合い、お立ち合い！」

周囲が耳を塞ぎたくなるほどの大声を、とつぜん上げたのである。

ギョッとして、立ち止まる者たちが数人。

「拙者は、名高き曾我《そが》十郎祐成《すけなり》の末裔《まつえい》、曾我彦左衛門と申す者！　このたび、十郎祐成と同じく仇討《あだう》ちの旅にいでしが、ついにその仇《かたき》を見つけ、その素っ首、討ち取りに参ったあ！」

大音声を張り上げて、ずいずいと大股で前へと歩くので、その進む道にいる者は、あわてて横に退いた。

「なんだなんだ、新手の見世物か」

「見世物か本物か分からねえが、仇討ちなら、見なくちゃいけねえ」

続々と、物見高い人々が寄ってくる。

「憎っくき仇、かまいたちの伝蔵、並びに子分の粂吉、いざ尋常に勝負いたせ！　その頬被りの男だ。逃げるのは卑怯《ひきょう》ぞ！」

さらに楽多郎は、伝蔵の名前を何度も大声で呼ばわった。

ずんずんと進み、楽多郎の前にいる人々がつぎつぎと左右に避けて行き、人波の割れた先に、伝蔵と粂吉がいた。

いきなり名前を呼ばれて、凍りついたように立ちすくんでいる。

周囲の人々は、興味深げに、楽多郎と伝蔵、粂吉を見た。

「かまいたちの伝蔵、ようやく見つけたぞ」

楽多郎は、人差し指でまっすぐに伝蔵を指すと、

「親をなぶり殺しにされた、この悲しみ、この怒り、なんとしようぞ」

口から泡をとばす勢いで、伝蔵に詰め寄っていく。

「な、なんだ、こいつは、俺はおめえの親なぞ、殺してねえぞ」

伝蔵は、楽多郎をキッと睨《にら》みつけた。

だが、明らかにうろたえている。

「ふう、間に合ってよかった。おぬし、いま、自分が伝蔵だと認めたな」

楽多郎の言葉に、しまったといった表情が伝蔵の顔に浮かんだ。

「懲らしめてやるから、かかってこんか。その隣の粂吉、おぬしもだ」

「この野郎！」

伝蔵は、いきなり懐から匕首を出すと、楽多郎に斬りつけた。

さすがに、かまいたちの異名をとるほどである。鋭い一撃だった。

「おっとととと」

楽多郎は、匕首を紙一重で躱《かわ》すと、腰をかがめる。

かがめざまに、拳を伝蔵の脾腹にめり込ませていた。

「うぐっ」

呻いて、伝蔵は倒れこんだ。

「く、くそっ」

粂吉は逃げ出そうとしたが、人垣が邪魔になって、動けない。

「ど、どけ！」

粂吉も懐から匕首を出すと、周囲に向かって振りまわした。

周囲の人垣から悲鳴が沸き起こる。

「こらこら、止《や》めんか」

すっと楽多郎が近づくと、粂吉もへなへなと崩れ落ちるようにして、昏倒《こんとう》してしまった。

伝蔵の手拭いも、粂吉の襟巻きも取れて、二人の顔は露《あらわ》になっている。

「こ、こいつら人相書きの咎人《とがにん》じゃあねえか」

まわりから、驚きの声が上がった。

この光景を、おみよは、青ざめた顔で見ていた。

楽多郎は、額の汗を手で拭うと、おみよの姿を探した。

おみよの目と楽多郎の目が合った。

楽多郎の無精髭《ぶしょうひげ》に覆われたむさ苦しい顔に、満面の笑みが広がった。

はじめて、おみよは、その無精髭が厭《いと》わしくなかった。

その気持ちの変化に気づいたのは、少しあとになってからである。

第四話　とんとことん

一

清兵衛が、同じ町内の井筒屋の主人角右衛門から相談を受けたのは、かまいたちの伝蔵が捕まった三日後のことだった。

「いえね、私の女房のおつねがですね、妙なものに凝ってましてね……」

福之屋の座敷で、角右衛門は溜め息をついた。

もともと痩《や》せているが、一段と頬がこけて見えるほど憔悴《しょうすい》している。

清兵衛はというと、こちらは恰幅《かっぷく》がよく、普段から元気だが、伝蔵が捕まり、おみよも心なしか以前よりも素直になっており、すこぶる上機嫌で、いつもよりも色艶がよいくらいだ。

角右衛門とは、まったく逆である。

「妙なものと言いますと?」

憔悴した角右衛門の姿に、清兵衛は、話を聞く前から同情を禁じ得ない。

「柿月《かきづき》紫雲斎《しうんさい》という祈禱師《きとうし》なんですよ」

「祈禱師……ですか」

「なんでも、至福の時を与えてくれるそうで、ただの祈禱師ではないとか」

「至福の時ですか……」

「おつねは、柿月さまのところへ行けば、ほかになにも要らないほどの幸せを感じると言うのです」

「なぜ、それまでに……」

「それが、おつねも最初は半信半疑だったのですが、茶飲み友だちに誘われて、一度紫雲斎のところへ言って以来、人が変わったようになってしまって」

「よほど効験《こうけん》のある祈禱なのでしょうか」

「そのようですが、そのほかにも、なにかあるようなのです。ですが、おつねは語りたがらないのですよ。話してしまったら、至福の時が逃げて行ってしまうとかなんとか言ってましてね」

「ふうむ……」

清兵衛は、柿月紫雲斎の名前を聞いたこともなく、そのようなことが奇異に思われた。

「困ったことは、おつねが勝手に店の金を持ち出して、柿月紫雲斎に渡していることなのです」

「なんと……」

「もちろん、私は叱《しか》りました。そんなわけの分からない祈り屋風情に勝手に金をやるなと……ですが、おつねは聞きません。半狂乱になって、私に立ち向かってくるのですよ。至福の時は、紫雲斎のところにしかないと……もう、狐狸《こり》妖怪にとりつかれているようなものです」

「どのくらい、いままでにお金を？」

「積もり積もって二十両ほどになりましょうか」

「そんなに……」

祈禱師風情に、それほどの金を注《つ》ぎこむ気がしれないという言葉を、清兵衛は飲みこんだ。

「これからも、祈ってもらうために渡すそうで……目を覚ましてもらわないと、このままでは、大げさでなく、身代が危うくなりそうな勢いなのですよ」

「それは、さぞお困りでしょう。ところで、おつねさんは、いったい誰に誘われたのです」

「小間物屋のおきよさんというお人で、おつねの茶飲み友達なんですが、このおきよさんも、小泉町の知り合いに誘われたとかで、つぎつぎと知り合いを介して柿月紫雲斎の信者は増えているそうなのです。で、つぎは、おふじさんに声をかけようかとまで言っています」

「な、なんですと……それはまた……」

清兵衛は、にわかに不安になってきた。

「なんとかならないかと、おつねの兄弟に説得してもらうように頼んだり、頼りにしているお医者の先生に意見してもらったりしたのですが、おつねはまったく聞く耳を持たんのですよ。もう万策尽きはてました」

がっくりと肩を落した角右衛門は、

「迷惑をかけてはいけないのと、外聞が悪いですから、清兵衛さんはじめ、ご近所には内緒にしていたのですが……」

思い切って、話を聞いてもらおうと思ったのだという。さらに、

「ふと、思いついたのが、その……」

角右衛門は口ごもっていたが、

「清兵衛さんのところの居候のお武家がおりますよね」

上目づかいに切り出した。

「腹巻さまのことですね。角右衛門さんは、怪しいから気をつけるようにと仰《おつしや》ってましたが」

「そ、そうなんですが、いろいろとご活躍のようで……」

このところ、角右衛門は訪れていないので、清兵衛の口からは、楽多郎がおみよを救ったことは話してはいない。

隣同士なので、福之屋の使用人から井筒屋の使用人へと伝わった話を、角右衛門が知ったのだろう。

「ええ、最初から申し上げているとおり、腹巻さまは、風体はあのとおり、茫洋《ぼうよう》となさっておられますが、実に頼りになるお方なのですよ」

ようやく分かったのかと、清兵衛は、呆《あき》れた顔で言った。

「はあ……どうも狷介《けんかい》になっていたようです。それなのに、おこがましいとは思うのですが、ひとつ腹巻さまのお知恵を拝借したいと存じまして」

角右衛門は、ようやく頼もうと決めていたことを口に出した。

「そういうことでしたか。それならば、腹巻さまをお呼びして、一緒に話をうかがえばよかったですな」

清兵衛は、苦笑いをした。

「むはーっ、これはまた旨い菓子でござるのお」

楽多郎は、角右衛門が持ってきた饅頭を頬張りながら、感嘆の声を上げた。

「浅草の丸金という菓子屋の饅頭でしてね。小豆と砂糖をふんだんに使って甘みを出していると評判なのですよ」

角右衛門は、愛想笑いを浮かべて言う。

「ほう……小豆もさることながら、砂糖もずいぶん値の張るものだろう。高いのであろうな、この饅頭」

「はい、ひとつの値が……」

「あ、いや、それは言わぬが花だ。あまりに高いと、恐れ多さに旨さも消し飛んでしまうし、もっと食べようにも、遠慮が勝ってしまうでな」

「どうぞ、全部お食べください」

「まあ、遠慮はせぬのがわしの信条だがな」

楽多郎は、目をくりくりとさせて、つぎの饅頭に手を伸ばした。

清兵衛が、角右衛門の話を聞くと、すぐに楽多郎を呼んだのである。

障子から昼下がりの明かりが入りこみ、心地よい暖かさである。

饅頭をぱくつく楽多郎に、清兵衛が、

「角右衛門さんが、腹巻さまに聞いていただきたい話があるそうなのです」

と言って、さきほどの話を語って聞かせた。

「ふむう……それはなんとも、困ったことでござるの。だが、そう固く信じてしまうと、正気に戻すのは難しいものだぞ。まあ、身上潰《しんしょうつぶ》してしまうしかないのではないか。金がなくなれば、そのなんとかという祈禱師も、あんたの女房の相手をしなくなる。金の切れ目が縁の切れ目となるかな」

最後の饅頭を食べながら、楽多郎は素っ気なく言った。

「そ、そんな無体な。なんとか、すぐに女房を正気にさせる方法はないものでしょうか」

角右衛門は、楽多郎に詰め寄る。

「そうは言ってもなあ……そもそも、なんでわしにそんな話を聞かせたのだ」

もぐもぐと饅頭を食べながら訊《き》いた。

「それは……紋七親分にも、同心の友成さまにも話を聞いていただいたのですが、打つ手はないと言われまして……」

紋七も北町奉行所同心の友成恭一郎も、祈禱師に祈ってもらうのは勝手で、お上が取り締まるものではないと言うのだそうだ。

もっとも、それが江戸の町の風紀の乱れにまで波及すれば、お上も腰を上げざるを得ないのだろうが、そこまでになっていない以上、なにも出来ないし、するつもりもないらしい。

「冷たいのう、お上も。祈ってもらうのは勝手か……ま、それはそうだな。祈って幸せになるから金を進呈する……そのことに文句を言う筋合いのものでもあるまい」

「そうは仰っても……イカサマではないですか」

「おぬしとて、墓に手を合わせて拝むであろう。寺の住職に、お布施と称して、いくばくかの金を渡すであろうに。神社にも、拝んだ時に賽銭箱に金を入れるであろう」

「そ、それとこれとは違いますよ」

「どうして違うのだ」

「お寺さんは由緒ただしいところです。長年、私たちは信心して、お寺さんに先祖を供養していただいています。お布施は、そのための感謝の気持ちです。神社も同じことです」

「だが、そのお寺や神社だとて、出来たときは由緒もなにもあったものではあるまい。同じことではないのか」

「そ、そんなことは……」

角右衛門は、青くなっている。

「まあまあ、腹巻さま、角右衛門さんを、これ以上困らせてもいけません」

清兵衛が楽多郎をたしなめるように言った。

「いやなに、放っておくしかないと言いたかったまでなのだが。寺や神社に悪いことを言ってしもうたかな」

あはは、と笑って楽多郎は頭をかいた。

「おつねさんが、柿月紫雲斎に騙《だま》されていることはたしかだと思いますよ。角右衛門さんは、腹巻さまを、以前は怪しい浪人だと仰ってましたが、もうそのようなことは思ってもおられません。いまは、私どもと同じく、腹巻さまの真のお力を信じていらっしゃいます。腹巻さま、ここはひとつ力を貸してあげてはいただけないでしょうか。私は、腹巻さまは、なんのかんの仰っても、結局は腰を上げてくださるに違いないと思っております」

清兵衛の言葉に、角右衛門の顔に希望の光が差した。

「おぬしらなあ……わしのことを買いかぶり過ぎておるぞ。わしは、ただの穀潰しなのだがなあ」

今度は、楽多郎が当惑の表情を浮かべた。

二

楽多郎は、腕を組んでしばらく考えこんでいたが、やがて……、

「……ずずず」

胡座《あぐら》をかいたまま、鼾《いびき》をかいて居眠りをはじめた。

「だ、大丈夫でしょうか」

角右衛門が、清兵衛に青ざめた顔のまま訊いた。

「……はい。腹巻さまは、盗賊の潜む船宿の天井で鼾をかいて眠ったおかたです。それほどに度量が大きいということですな。目が覚めたら、紫雲斎を懲らしめる妙案が浮かんでいるに違いありません」

清兵衛は確信に満ちたまなざしで角右衛門を見た。

「さいですか……」

角右衛門は、半信半疑の顔になっている。

二人は、辛抱強く、楽多郎が目覚めるのを待っていたが、やがて……。

深い眠りに落ちたのか、ぐらりと体が前のめりに傾いた。

楽多郎は、胡座をかいたまま、額を畳にくっつけた。組んだ脚が宙に浮いている。

そのまま……、

「ずずずず…………」

鼾をかきつづけている。

「なんとまあ……」

角右衛門は、呆れた声をあげた。

清兵衛も、これには驚いたが、角右衛門の手前、眉毛をぴくりと動かしただけで、平静を装っている。

「むむむ……」

さすがに、妙な格好のまま眠っているせいか、楽多郎は半目を開けると、組んでいた手をほどき、足も崩し、横にごろりと転がった。

「ふわーっ」

大の字になって、大きく伸びをする。

「眠ってしまったようだの。饅頭が旨すぎて、全部食べてしまったせいかな。いや、いい夢を見たぞ」

　起き上がりながら、楽多郎は、にんまりと笑った。

「それで、おつねを正気に戻す方法は、なにか思いつきましたか」

　角右衛門がしびれを切らせて訊くと、

「眠っておったのだ。なにも思いつくはずがなかろう。夢で、なにか浮かべばよいのだが、それもない。大海原を、船で渡っている夢を見たぞ。しかも、若いおなごの膝枕で、海を眺めておったわい」

　うっとりと顔をゆるめている。

（これは、いかん。やっぱり、こいつは、ぞろっぺえ男だ……ぞろっぺ侍だ）

　角右衛門は、頭を抱えたい気持ちになった。

　ところが、清兵衛はというと、

「腹巻さまにしても、名案はすぐには浮かばぬということでしょうか。角右衛門さん、しばらくお待ちになってください」

　確信はゆるがないようである。

　これには、楽多郎も、

「まだ、そんなことを言っておるのか。わしには無理だと思うのだがなあ」

眉をしかめて言うが、清兵衛は、泰然自若とした笑みを浮かべていた。

（清兵衛さんこそ、大したお方だ。間違っていようと、この自信は凄《すご》いものがある。これこそ、信じる力だ……）

そう思ったとき、角右衛門は、清兵衛と楽多郎が、女房のおつねと紫雲斎に重なって見えた。

どちらも、闇雲な信心ではないか……と。

だが、楽多郎は、実際に清兵衛を、手代の美濃吉を、そして、おみよを救っているのである。

面と向かっていると、頼りなく思えるが、本当は、なにかあるのだろうと、角右衛門は強引に自らを納得させるしかなかった。

ほかに頼るべき相手がいないからである。

清兵衛は、角右衛門が感じたほどには、無闇に楽多郎を信じているわけではなかった。

ただ、何度も窮地を救われたのだし、またなにかやってくれそうな予感が、楽多郎からは漂っているのである。

（こちらが信頼すれば、このお方はそれに応えてくれるに違いない）

といった確信がある。

そして、肝心の楽多郎はというと……、

（妙に信頼されては、こちらが困るというものだ。まいったのう……）

当惑したまま、なにも考えてはいなかった。


その日は、楽多郎に何度も頭を下げて、角右衛門は帰って行った。

楽多郎に下駄を預けたかたちである。

「腹巻さま、お願いいたしますよ」

清兵衛も、楽多郎に頼みこんだ。

「そうは言っても、わしには、なにも出来ぬぞ」

楽多郎の言葉に、

「またまた。腹巻さまは、そんなことを仰りながら、知らないうちに解決なさるんですから。今度は、私にも手伝わせてください」

清兵衛は笑って応えた。

「むむう……」

さすがの楽多郎も、あまりの頼りのされ方に、責任の重さを感じた様子だったが、それも束の間、自分の部屋に戻ると、のほほんと庭を眺めていた。


翌日の朝。

朝餉《あさげ》を済ませ、楽多郎は部屋で寝ころがっていた。

清兵衛は、商談があるとかで、出かけて行ったようだ。

「は、腹巻さま、た、大変なことになってしまいました」

角右衛門が、楽多郎の部屋に駆けこんでくるなり、すがりついてきた。

「まあまあ、落ち着いて。ゆっくりと話しなさい」

楽多郎は、水差しから水を茶碗に注ぐと、角右衛門に飲ませた。

グビグビと水を飲んだ角右衛門は、ふうっと溜め息をつくと、

「それが……おつねが、紫雲斎の道場に住みこむと言って、家を出て行ってしまった

のです。し、しかも息子の誠一郎を連れてです」

柿月紫雲斎は、修養道場と称したものを作り、そこに町家の人と一緒に暮らしていると言う。

角右衛門の女房であるおつねは、今朝、まだ十二の息子誠一郎を連れて、住みこみで修養すると言い、角右衛門が止めるのを振り切り、荷物を持って出て行ったそうである。

「息子も、紫雲斎を信じておるのか」

「女房のせいで、息子はゆくゆくは紫雲斎のように、人々に幸せを与えたい、などと言って」

「ほう、それはよい心がけではないか」

「な、なんということを！　人のためと言って、紫雲斎のやっていることは、ただの金儲けなのですよ」

「しかし、紫雲斎の祈りで、みな幸せになっているのではないのか」

「そう思いこんでいるだけです。まわりの人々は、逆に不幸になっています。私もそのうちのひとりなのですよ」

角右衛門の言うことが本当ならば、いずれお上の手が入るはずである。

楽多郎が、そのことを言うと、

「それまで待ってはいられません。一刻も早く女房と息子を取り戻したいのです。し、しかも、店の金をごっそり持って行かれたのです」

「だが、それ以上は、金を取られることもないわけだ」

「そ、それはそうなのですが……」

「おかしいな。金儲けなら、住みこみなどさせずに、家にいたまま、常に金を持ってきてくれたほうがいいと思うのだが」

「はあ……そういえば、そうですが、是非とも住みこみたいと、おつねが頼みこんだと言ってました。それ以上は、私には分かりません。とにかく、なんとかしてください」

角右衛門は、動いてくれない楽多郎に焦れたのか、拳で畳を激しくたたいて言った。

「そう熱くなると、体に障るぞ。ここはじっくり構えなくてはいかん。余裕がないのは分かっておるが、なるべく、気持ちを落ち着けることだ。あわててばかりでは、女房も息子も取り戻せぬぞ」

楽多郎の言葉に、角右衛門は、

「こ、こんなときに落ち着いていられますか。早く、早くなんとかしてください、ぞろっぺ……いや、腹巻さま！」

口から泡を飛ばして、楽多郎に詰め寄った。

「分かった、分かった、とにかく落ち着いてくれ」

とりあえず、紫雲斎の道場が白壁町にあることを訊きだすと、なんとかしに出かけてくるからと言って落ち着かせた。

そうでも言わなければ、卒倒しそうなほどに、角右衛門の顔が青白くなっていたからである。

「私も、道場に行きます」

と言う角右衛門を、騒ぎになると余計に連れ戻しにくくなるからと説得し、楽多郎は、ひとりで白壁町に向かったのである。

（面倒なことになったのう……もう逃げられぬぞ）

楽多郎は、嫌々ではあったが、腹を決めて、柿月紫雲斎の修養道場へ向かって歩いて行った。

三

空には、黒い雲が垂れこめ、いまにも雨が降り出しそうな気配である。

白壁町は、岩本町からそう遠くはない。

遠ければ、おつねと誠一郎は、まだ先方に着いていないだろう。二人を捕まえて連れ帰るという手もあるが、白壁町くらい近くだと、それは無理に思えた。

白壁町に着くと、道行く人に、柿月紫雲斎の修養道場の場所を訊いてみる。

「ああ、あの妙な道場ですね」

すぐに答えが返ってきた。

「どのように妙なのだ。金ぴかなのか」

「いや、そんなことはありません。普通の剣術道場だったのを、あの祈禱師が手に入れてから、毎日、薄気味の悪い呪文みたいなのが聞こえてくるんですよ」

町人は、道場までの道筋を教えると、

「お武家の信者も増えているようですよ。まあ、旦那みたいなのはいませんがね。あ、失礼しました」

　苦笑いをする。

「どういうことだ」

「いえ、怒らないでくださいよ。あそこに入信するのは、金持ちが多いって噂があるんですよ。そういや、みな金まわりのよさそうなのばかりが入って行くので、本当かなと。そこ行くと、旦那は……」

「分かった。わしが金を持っているようには、逆立ちしても見えぬからな」

　楽多郎も苦笑いを返した。

　清兵衛がくれた着物を着てはいるが、無精髭《ぶしょうひげ》と月代《さかやき》を伸ばした楽多郎には、不釣り合いなのである。もとより、金持ちに見えるはずもない。

　教えられた道を行くと、すぐに紫雲斎の修養道場にたどり着いた。

　もとは剣術道場であったというのがすぐに分かる造りである。外から稽古の様子を覗《のぞ》けるように、大きな窓がある。

　だが、いまでは、この窓には障子が貼られており、中が見えないようになっている。

　看板はあるのかと見てみると、大きな板に、

『柿月紫雲斎修養道場』

と、墨書してあった。

入り口で、中の様子を窺《うかが》ってみる。話し声が聞こえるが、なにを話しているのかまでは分からない。

楽多郎は、顎《あご》の無精髭をこすりながら、しばし黙って考えていたが、

(思案しても、なにも名案など浮かぶはずもないな。当たって砕けろだ)

「頼もう!」

いきなり、大音声を張り上げた。

すると、中ですたすたと近づいてくる足音がして、がらりと戸が開いた。

色の白い痩せた若者が、なにごとかと不審な目を向ける。白い筒袖《つつそで》を着ており、カルサン袴《ばかま》のようなものを穿《は》いているが、これも白い。

楽多郎の姿を、上から下まで舐《な》めるように見て、

「なに用ですか?」

強張った顔つきで訊いた。

「さて……なに用だと思う?」

「はあ？」

しばし、若者と楽多郎は、じっと見合っていたが、

「冗談を言っちゃいけません。ここは、紫雲斎先生の修養道場です。わけの分からない冷やかしは止《や》めてください」

若者は怒った顔になり、戸を閉めようとした。

「待て、待て」

戸に手をかけて、戸を開けたままにすると、

「ここは修養道場だろう。すぐにカッとするようでは、甘いぞ。まだまだ修行が足らぬ」

決めつけるように言うと、若者は顔を赤くした。

「あ、あなたは、どのような……」

楽多郎のむさ苦しさと、堂々とした物言いの落差に、若者はうろたえ気味のようだ。

「わしは、諸国を漫遊しながら、心の修養に明け暮れておる者だ。志を同じくする柿月紫雲斎先生に、ぜひともお目通りを願いたい。いろいろとご教示願いたいとお伝えくだされ」

「は、はあ……で、お、お名前は」

若者は、明らかに楽多郎に気圧《けお》されている。

「わしか……わしは」

楽多郎は一拍置くと、

「熊岡爆山と申す」

重々しく言った。

「くまおか……ばくざん先生ですか」

「そうだ、爆発の爆に山だ。よく覚えておいてもらおうか」

「はっ、少々お待ちを」

若者があわてて戻っていくのを見ながら、

(爆発の爆というのは、ちとやり過ぎかな……)

なるべく重く強い名前と思い、咄嗟《とっさ》に名乗ったのである。

開けられたままの戸口から、中を覗いてみるが、元は剣術の道場だったものらしく、
だだっ広い板の間には、誰もいない。

板の間の奥には、四方を注連縄《しめなわ》のようなもので囲ったところがあり、護摩壇《ごまだん》がしつ

らえてある。

やがて、さきほどの若者が奥から現われた。

「熊岡先生、お入りください。紫雲斎先生がお会いになられます。ただ、あまり長いあいだは無理だということを、お含み置いていただきたいとのことです」

「あいや、分かり申した」

楽多郎は、重々しくうなずくと、若者に先導されて道場の奥の間へと入って行った。

薄暗い廊下を通り過ぎる。廊下は長く、ずいぶんと奥行きのある道場であることが分かる。

廊下の脇には部屋が連なっているが、そこに人の気配が充満していた。

だが、話し声はせず、ときおり鼾が聞こえてくる。

楽多郎が気になったのは、鼻をつく異臭である。甘ったるい臭《にお》いだ。その臭いが、建物に染みついているような気がした。

若者は、奥まった座敷へ楽多郎を通すと、すぐに紫雲斎がくると言って下がって行った。

その言葉どおり、廊下を歩いてくる足音が響いてきた。

座敷に入ってきたのは、六尺はあろうかという背の高さで、髪を総髪に垂らした男だった。

楽多郎の前に座ると、

「私が、この修養道場の主、柿月紫雲斎です」

真っ直ぐに楽多郎の目を見て、辞儀をした。

目は細く、眉毛が薄い。

「わしは、熊岡爆山と申す」

楽多郎も辞儀を返す。

「諸国を巡りながら修行なさっておられると弟子に言われたようだが、当道場でも修行なさりたいのですかな」

細い目は、楽多郎を射すくめるように鋭く光った。

「紫雲斎先生の薫陶を受けて、一段と高い人格を得たいと思いましてな。お目通りを願ったと……まあ、そんなわけです。さらに、ぜひとも祈禱を受けたいと、そう望んでおります」

楽多郎は、紫雲斎の鋭い目に動じることなく、無精髭をしごきながら、恬淡《てんたん》と応えた。

「しかし、この道場では、修養は幸せになることと同義なのです。私の祈禱によって、幸せを得るという簡単なものです。幸せになって、人柄もまろやかになり、争いごとがなくなるというものです。高い人格を作るという目的とは離れているかもしれませんぞ」

「そうですか。いや、そのような修養というのも興味深いものでござる。ぜひとも、先生の祈禱をお受けしたいものです」

「ならば、もうしばらくすると、皆を揃えて、私が祈禱をするので、列席されたがよい。ここでお待ち願いましょう」

　では、と紫雲斎は言うと、座敷から去って行った。

　小半刻《こはんとき》も経ったころ、さきほどの色の白い若者がやってきて、

「これに着替えてください」

　畳んだ白い服を差し出した。

　それは、白い筒袖と白いカルサン風の袴だった。

着替え終わったころ、
ドンドンドン……。

どこからか太鼓の音が聞こえてきた。

すると、道場の中で、多くの者が動いている気配がする。どこかに集まっているようである。

色の白い若者は、

「では、刀は、ここに置いたままにして、みなさんとご一緒に、ご祈禱をお受けになってください」

楽多郎をうながした。

若者について行くと、元は剣術の道場だった広い板の間に出た。

そこには、すでに、沢山の男女が、奥の護摩壇に向かって、ひしめいて座っている。

みな、同じく白い筒袖とカルサン風袴の姿である。

楽多郎は、ざっと見まわして、三十人ほどであろうと見当をつけた。

その男女の最後尾を若者は指差した。そこに座れということだろう。

板の間に、直に正座するので、膝が痛く、ひんやりと冷たい。

もっとも、剣術の稽古のときも同じである。楽多郎は、慣れたものだった。

楽多郎は、角右衛門の女房おつねと、その息子誠一郎の顔を知らない。

そうだと思われる親子を探してみるが、大人は大人、子どもは子どもと離されていて、分からなかった。

しばらくして、真紅の法衣を纏《まと》った紫雲斎が、廊下を歩いて板の間に現われると、護摩壇の前に座った。

「のうまくさらばきゃていびゃく、さらばもっけいびやく、さらばたたらた、せんだまかろしゃだうんききうんきき、さらばひきなん、うん、たらた、かんまん……」

紫雲斎が呪文を唱え始めると、護摩壇から煙が立ちのぼってきた。

香のようなものを、紫雲斎は護摩壇にくべているようである。

煙は、建物に染みついていると感じた甘い臭いを放っていた。

みな、手を合わせて目を瞑《つぶ》っている。

楽多郎は、みなと同じく手を合わせ、薄目を開けてまわりを見ていた。

どのくらいそうしていたのか、楽多郎は、いつしか頭に膜がかかったようになり、あたりが歪《ゆが》んで見えることに気がついた。

（なんだ……どうしたというのだ……）

必死に、なにが起こっているのかを見極めようとするが、頭がまわらない。

そして、体がふわりと浮いたように軽くなり、

（なんで、わしはここにいるのだったか……まあ、なんでもよいわ。あははははは……）

浮き浮きと楽しい気持ちになり、笑いがこみ上げてきた。

自分の笑い声に、他人の笑い声が重なる。

とんとんとんとんとんとんとんとんとん……。

どこかで、なにかをたたく音がしている。

あちこちで、笑い声が起こり、それが渦となって板の間をぐるぐるぐるとまわり始める。

とんとんとんとんとん……という平らかな調子に合わせて渦がまわる。

板の間全体が、巨大な笑いの坩堝《るつぼ》になったかのようであった。

その場にいる全員が、たとえようもなく満ち足りた気分と、とてつもない幸せな気持ちに包まれて行った。

四

ときがどのくらい経ったのか、分からない。

満ち足りて幸せな気分の中にたゆたっていると、永遠にこのままでいられるのではないか、と思えてくる。

ふと気がつくと、満ち足りて幸せな気分は潮が引くように消え、笑いの渦もなくなって、とんとんとんという平らかな調子の音もせず、楽多郎は板の間に大の字になって寝ていた。

（いったい、なんだったのだ……）

むっくり起き上がると、ほかの人々も、横になっており、気がついたばかりのようである。

護摩壇を見ると、煙はすでになく、紫雲斎の姿も消えていた。

障子から差し込む明かりはすでになく、いつのまにか板の間にも、廊下にも常夜灯のあかりが灯っている。

すでに夜になっていたのであった。

その場の人々は、のっそりと起き上がると、ぞろぞろと廊下のほうへ、みな歩いて行く。

みな満足した顔をしているかと思いきや、物欲しそうな表情をしている。いままでの満ち足りて幸せな気分に、ふたたび浸りたいのだろう。

「爆山さま、これからお連れする部屋でお休みください」

色の白い若者がいつのまにかそばにいて、楽多郎に言った。

楽多郎は、昼前に修養道場へやってきた。それが夜になっているのである。当然、腹が減っているはずなのだが、あまり空腹ではない。

(ただ、寝ていただけだから、腹が空かぬのかな……いや、わしはいくら寝ても腹が減るタチだが)

楽多郎は、狐につままれたような気がしていたが、若者に導かれるままに、廊下を歩き、部屋へ入った。

そこには、楽多郎と同じくらいの三十五、六の男が二人いた。

二人とも覇気のない顔で、ぼーっとしている。

「では、夕餉をお持ちしますので、お待ちください」

若者が部屋を出ようとするので、

「わしの刀はどうしたのだ」

楽多郎は、部屋に刀がないので訊いた。

「ここでは不要なものなので、お預かりしておきます」

若者の返事はにべもない。

「不要といっても、刀は武士……」

楽多郎の言葉を待たずして、若者は去って行った。

「武士の魂なのだがなあ……」

二人の男を順繰りに見てつづきを言ってみたが、応えはない。

「のう、おぬしたち、さきほどのあれはいったいなんだったのだ。護摩壇から煙が出てきたが、あれのせいなのかの」

楽多郎の問いに、ひとりが顔を向けたが、言葉はない。

「おいおい、おぬしら腑抜《ふぬ》けのようだぞ。しっかりしろ」

少し口調を強めて言うが、ポカンと楽多郎を見ているだけである。

だが、しばらくして、顔を向けていた男の口許がゆるみ、

「祈ってもらえば、幸せが訪れます。この幸せは永久につづくものなのです。ですから、私たちは、紫雲斎先生にすべてを託せばよいのです」

「ほう、すべてをのう……そのすべてとは、なんだ？」

「心と体です。家や蓄えがあれば、それもすべてです」

「ふうむ……しかし、残された家族はどうなるのだ」

「私は、家内と来ております。子どもはおりませんし、商売は畳んで、すべて紫雲斎先生にお渡ししてあります」

「……ということは、いまは文無しなのか」

「紫雲斎先生にお渡ししましたから。そのかわり、至福のときを永久に得ることができるのです」

「ううむ……そんなことができるのか。ところで、おぬしの女房は、いまどこにおるのだ？」

「家内は、ほかの部屋におります。ここでは、男女は別の部屋にいることになっております ので」

男は答えると、笑いを浮かべたまま、楽多郎から顔をそらし、正面を向いた。そのまま固まったように動かない。

もうひとりは、すでに動かず、二体の人形があるように見えるほどである。

（もし、この男の言うとおりならば、さきほどの幸せがずっとつづくのなら……いや、一日に一度でいいからあのようになれるのなら、すべて紫雲斎にまかせて、ここでのんびりしているのもよいかもしれぬな）

楽多郎は、さきほど感じた満ち足りた気分と、とてつもない幸せな気持ちを、強く求めている自分に気がついて驚いた。

（これはまいったな。紫雲斎に絡めとられてしまいそうだ。だが、わしをここにとどめてどうしようというのだろう。わしは金を持っておらぬというのに）

どうにも、それが不思議だった。

ひょっとすると、紫雲斎は本当に、人々の幸せを考えて祈念している人物なのかもしれない……と思ってみる。

思ってはみたが、どうしても、それはうなずけない。

（だいいち、あの煙は怪しすぎるからな。それに、あの音だ。とんとんとんとんとい

う音だ）

紫雲斎がどのような手を使って、ここにいる人々と楽多郎を、あのように夢のような気分にしたのか分からないが、やはり茶番であることは、たしかな気がしたのである。

夕餉の膳は質素なものだった。

大根の煮《に》染《し》めと香の物、若芽の澄し汁、それに麦飯である。

楽多郎は、澄し汁に口をつけると、すぐに椀に吐き出した。普段、口にしたことのない妙な味がしたからである。

ほかの二人は、楽多郎のしたことにまったく気づいていないようだ。それ以前に、なにをしているのか、まるで気にならないようである。

煮染めと香の物だけ食べ、澄し汁は、こっそりと座敷の隅の畳に吸いこませてしまった。

夕餉が終わると、しばらくして、二人の男は横になって眠ってしまった。

楽多郎も横になって、ぴくりとも動かない。

夜も更けたころあい、ひたひたと楽多郎たちの寝ている部屋に近づく足音がすると、襖《ふすま》が音もなく少し開いた。

中の様子をうかがっているようだったが、三人の男たちが寝静まっていることをたしかめると、襖はまたぴたっと閉じた。

気配が遠ざかっていくと、楽多郎は起き上がった。

(眠った振りというのも、疲れるものだ)

楽多郎は、襖を開けると、廊下にするりと忍び出た。

夕餉の澄し汁には、眠り薬が入っていたのに違いない。

妙な味を感じた楽多郎は、澄し汁を飲まなかったせいで、ほかの二人のように深く眠ることはなかったのである。

どの部屋も寝静まっているようで、鼾や寝息が聞こえてくる。

楽多郎は、慎重に音を立てず、気配を消して、廊下の奥へと歩いて行った。

最も奥まった部屋に近づいて行くと、ひそひそと話し声が聞こえ、部屋の中に何人かの気配を感じた。

襖に耳を押しつけると、かすかだがなにを言っているのかが分かった。

「あの方は、ぐっすりと眠っているようですが」

　色の白い若者の声である。

「お前が、妙にうろたえるので、会ってみたが、なんとも胡散《うさん》臭い浪人者だな。後腐れがあるといかんので、中に入れたが、始末せねばならぬかもしれぬ」

　この声は、紫雲斎だ。

「始末……ですか。修行に来たと言ってましたが」

「莫迦《ばか》者、あの男はただの破落戸《ごろつき》だ。いずれ、難癖つけて金を要求しようというのだろう。修行する面ではないわ」

(どんな面だというのだ。人を莫迦にするのもいい加減にしてもらいたいものだな……)

　楽多郎は面白くなかったが、この野郎と文句を言いに部屋に入って行くほど愚鈍ではない。

「では、つぎは眠り薬ではなく、毒を」

「うむ……少しずつ、などと悠長なことはせずに、一回で殺してしまえ。あの男のような者は、この世に害を及ぼすだけだからな」

「はい」

さらにひどい言いように、楽多郎は怒るどころか、笑いたくなってきた。

「おい」

突然、三人目の声がした。

楽多郎は、二人だけかと思っていたので意表を突かれた。

その声は、いくぶんかすれており、どこかで聞いた気がする。

「いきなりなんだ」

紫雲斎が訊くと同時に、襖に刀がぶすりと突き刺さった。

楽多郎が耳を押しつけていたあたりである。楽多郎は、耳に刀を突き刺されていたはずだが、殺気を感じて咄嗟に体を逸らしていた。

すぐに楽多郎は、音もなく身をひるがえして、その場を離れた。

「な、なにをするんだ」

紫雲斎のあわてた声に、

「鼠《ねずみ》がいるような気がしたのだ」

答えがすると、刀が襖から抜かれ、がらりと襖が開いた。

「誰もおらぬか……気のせいだったか」

廊下を覗いた男が言った。

「おい、弦九郎《げんくろう》、襖に穴を開けてはいかんぞ」

紫雲斎の言葉には答えず、

「勘が狂ったか……」

男は独りごとを言うと、襖を閉めた。

しばらくして、常夜灯の届かない、廊下の隅の闇が膨らんだ。

楽多郎が、廊下にぴたりと伏せて気配を殺していたのである。

(危ないあぶない……しかし、あの男の声、どこかで聞いたと思ったら……)

種吉が遊んだ賭場の用心棒をしていた浪人者だったのである。

楽多郎は、空腹もあったが、その浪人者にあわや殺されかけたのであった。

(紫雲斎は、あの浪人を弦九郎と呼んでおったな。こんなところでまた会うとは……

わしは、弦九郎に斬《き》られる運命なのかもしれぬなあ)

弦九郎に斬られた脇腹の傷痕が疼《うず》いた。

五

翌朝は、前日の今にも降りそうな曇り空とはうってかわって、突き抜けるような青い空が広がっていた。

朝餉は、香の物と麦飯、具のない味噌汁である。

この味噌汁には、楽多郎は妙な味を感じなかった。

毒は、夕餉の汁に入れるのだろう。同じ部屋の二人が、眠り薬で眠ってしまえば、楽多郎が死んだことも騒ぎにはならないからだ。

食事を終えると、部屋にいる二人は、ボーッと中空を見つめながら、座っているだけである。

楽多郎はというと、顎鬚《ひげ》をこすりながら、時の過ぎるのを待っていた。

やがて、ドンドンと太鼓をたたく音がした。

この音を合図に、二人は立ち上がり、部屋を出て行く。楽多郎も、そのあとにつづいて部屋を出ると、板の間に入って行った。

昨日と同じく、護摩壇に向かって、一同が整然と並ぶ。

午前と午後、一日に二度、同じことが行なわれるようである。

また、紫雲斎が、厳《おごそ》かな風情で廊下から現われた。

楽多郎は、顔を低くして、道場の中を隈《くま》なく見た。弦九郎の姿を探していたのである。

だが、弦九郎の姿は見えない。弦九郎がどのような役割をはたしているのか分からないが、おそらくは紫雲斎の用心棒であろう。道場の中では、必要ないということなのかもしれない。

楽多郎は、昨日ここへ来た時も、弦九郎に出くわさなかった幸運に感謝した。もし出くわしていたら、もぐり込むことはできなかったろう。

昨日のことがあったので、これから起ることへの大きな期待が、まわりの人々からひしひしと伝わってきた。

紫雲斎は、護摩壇の前に座ると、

「のうまくさらばきゃていびゃく、さらばもっけいびやく、さらばたたらた、せんだまかろしゃだうんきうんきき、さらばひきなん、うん、たらた、かんまん……」

呪文を唱え始めた。

(これは不動明王の呪法をそのまま拝借したものか……)

昨日と違って、楽多郎は落ち着いて呪文を聴いていることができる。

紫雲斎は、呪文を唱えながら、護摩をくべ始めた。

そこから、昨日と同じような煙が出てくるはずだったが……。

「のうまく……うっ……さちば……げっ、ごほっ」

呪文の途中で、紫雲斎は、激しく咳きこみ始めた。

煙もなにやら濃いものが、もくもくと護摩壇から噴き上げてくる。

白衣を着た人々は、いったいなにが起こったのか分からず、ぽかんと護摩壇のほうを見ている。

すると、パチパチと護摩壇から火が上がり始めた。

紫雲斎がうろたえた声を上げた。

「か、火事だ！」

普通、火事と聞けば、あわてるのだろうが、この場の人々は、ただ呆然《ぼうぜん》と見ているだけである。

「な、なにをしておる。早く、火を消し止めろ」

紫雲斎の叫び声が聞こえる。

ここへきて、ようやく人々は、うろたえ始めた。

ぱちぱちという火の爆《は》ぜる音が大きくなり、楽多郎が、桶《おけ》に水を入れてきたときには、火は護摩壇から、柱に燃え移っていた。

楽多郎が火に水をかけ、色の白い若者がつづく。

紫雲斎はというと、すでに道場の中にはいない。

ようやく楽多郎と若者につづき、水を持ってくる者が現われ始めたが、ただポカンと口を開けて見ている者もかなりいた。

火はめらめらと柱から天井へと移って行きそうな勢いである。

半鐘の音が鳴り響き、近所の者たちも火消しのために、道場に入ってくる。

燃え盛る火か、つぎつぎとかけられる水か、どちらが勝つか五分と五分の闘いがつづいていたが、ようやく火はその勢いを減じ、しばらくすると、ぷすぷすと煙を出すだけになって行った。

柱と天井が、真っ黒に焼けただれ、火事の痕をとどめていた。

道場のまわりには、近所の野次馬がひしめいていたが、遠くからも人が集まってきていた。

道場にいる人々の名前を呼んだり、近づいてくる人たちが増えてきた。みな、紫雲斎に魂を抜かれたようになった人の家族だろう。

その中に、角右衛門の姿もあった。

「おつね！　誠一郎！」

女房と息子の名前を呼びながら、道場に入ろうとしている。だが、人がひしめいていて、入れないようだ。

昨夜のうちに、護摩壇に細工して、炭と木片を入れ、油を浸しておいたのは、楽多郎だった。

炭と木片は、道場の風呂の焚きつけ口から拾ってきたものだった。

（それにしても、燃えすぎだ。火事が広がらなくてよかったなあ……）

大事に至らずに済み、楽多郎は胸をなで下ろした。

楽多郎は、廊下の奥へと入って行った。

紫雲斎が外へは出ず、奥へ逃げたのを見ていたからである。

（奥から、外へ出たのだろうか……）

楽多郎は、紫雲斎のことが気になって仕方ない。人々からかき集めた金をどうするのかも気がかりだ。できることなら、取り返してやりたいと思う。

奥へ行くと、昨夜話し声が聞こえてきた部屋に入る。

もぬけの殻だ。

隅の籠《かご》の中に、楽多郎の着物が入っていることに気づき、手早く着替える。

大小の刀も、その籠の脇に転がっていた。

廊下へ戻り、さらに行き止まりまで行くが、奥には出入り口はない。

勝手口は、廊下を戻り、台所へ行かねば出られないようだ。

楽多郎は、紫雲斎が、廊下を歩いて行ったのを見ていた。首をひねると、もう一度、昨夜に話し声が聞こえていた部屋に入ってみた。

まわりを子細に見て行くと、縁が妙にすり減っている畳が一枚あることに気がついた。

それは、部屋の中央の畳である。

畳の縁に指をかけ、引っ張り上げた。すると……板が張ってあり、輪になった把手がついている。

把手を引っ張ると、四角い蓋になっている板が持ち上がった。中は、漆黒の闇である。

楽多郎は身を乗り出して闇の中に顔を突き出したが、まったく明かりは見えてこない。

縁に突起があり、縄が二つ結わえ付けられている。手で探ってみると、どうやら、縄ばしごが垂れているようだ。

楽多郎は、縄ばしごを伝って、どっぷりと垂れこめた闇の中へとゆっくりと降りて行った。

二丈も下ったかと思われたとき、地面に足がついた。

周囲を手で探ると、三方は壁だが、一方は違う。

人がひとり通り抜けられるほどの高さと幅の空洞がつづいている。隧道《ずいどう》になっているようだ。

壁に手を添えながら、ゆっくりと楽多郎は前へ進んで行った。

しばらく歩いていると、建物に染みこんでいた甘い臭いが、隧道の奥から漂ってく

ることに気がついた。そして、
とんとんとんとんとんとん……。

紫雲斎が、呪文を唱えたときに聞こえてきた音も、奥から聞こえてくる。

（わしの魂を抜こうというのか……）

楽多郎は、袖で口許を覆った。鼻ではなく、口で息をするようにする。

だが、ぐらりと意識が歪む。

引き返そうかと思ったのだが、ふと、臭いよりも音のほうが曲者のような気がしてきた。

とんとんとんとんとんとんとん……。

眠気を誘うような、平らかな音がどこまでもつづく。

楽多郎は、この音を乱さねばと思った。このとき、頭に浮かんだのは、川崎大師前で、屋台の飴《あめ》屋評判堂が、飴切りを見せていた光景であった。

ただ、同じ調子で飴を切っていては、見世物として面白くないからであろうか、調子を微妙に変えて、楽しくしていたのである。

楽多郎は、脇差を抜くと、鞘《さや》の鐺《こじり》で、壁をたたきだす。

聞こえてくる音に抗うように、

とんとことこ、とんとことことこ、とんとことことこ……。

それを、自分なりに乱してたたく。

とん、とことこ、とことん、とんとことんとこ、とん……。

闇の中で、飴を切っている自分の姿を思い浮かべながら。

すると、頭の中の靄《もや》が晴れ、歪んだ意識が元に戻ってきた。

闇の奥から、殺気が楽多郎に向けて放たれた。

咄嗟にかがむと、頭の上を烈風が吹き過ぎる。

壁をたたいていた脇差で、頭の上をなぎ払うと、

カンッ！

木の棒のようなものをたたいた音がした。

どうやら、槍で突いてきたようである。

楽多郎は、間を置かず、前方へ身をかがめたまま跳躍した。

跳躍しながら、脇差の鐺を前へ突き出す。

ズン！

手応えがあり、

「ぐえっ」

呻《うめ》く声がした。

覆い被さってくる体をいなすと、どおっと倒れこむ音がする。

周囲を手で探ると、龕灯《がんどう》と火打ち石があった。

龕灯の灯心に火をつけると……。

紫雲斎が、うつ伏せになって伸びていた。

六

火事騒ぎで、役人までやってきたおかげで、紫雲斎の道場は、手入れを受けたかっこうになった。

同じ白い服を着た、目が虚ろで魂の抜けたような男女が多数いるのである。異様な光景であった。

だが、当然訪れるはずの陶酔がなく、火事になったわけだから、紫雲斎に魂を抜かれた人々は、次第に当惑の表情を浮かべるようになった。正気に戻る日も近いように思われる。

紫雲斎が、お布施と称してかき集めた金は、奉行所預かりとなったが、いずれ返還されることになるだろう。

もっとも、家や店を売った者は、金だけが戻ってきても、家や店が戻ってくるわけではない。

紫雲斎が呪文を唱えるときに、護摩壇にくべたのは、阿片であった。そして、とんとん……という平らかな音を紫雲斎自らがたたき、その場の人々を魂の抜けたような有りさまにしたのである。

紫雲斎と、その手下のような働きをしていた色の白い若者は、大番屋へ引っ張られて行ったが、用心棒である弦九郎の姿はなかった。

弦九郎は、夜から朝にかけての用心棒であり、昼間どこにいるかは紫雲斎とて知らないことだった。

そして、もちろんのこと、火事騒ぎのあと、弦九郎が道場に姿を現わすことはなかったのである。

「腹巻さまのおかげで、おつねと誠一郎が戻ってきました」

角右衛門は、福之屋へ来ると、楽多郎に深々と頭を下げた。

「いやいや、そんなに頭を下げられると恥ずかしいわい。で、どうなのだ、おつねどのは、正気に戻られたのかな」

楽多郎が訊くと、

「感じていた幸せな気持ちが、阿片と妙な音によるものだということが分かって、いまはふさぎこんでおります。時が経てば、元に戻ると思うのですが……誠一郎のほうは、子どものせいか、正気に戻るのも早いようです」

「そうか。まあ、紫雲斎のようなのは、また雨後の筍《たけのこ》のように現われるかもしれぬから、くれぐれも用心することだな。うむ」

楽多郎は、もっともらしく腕を組んで言った。

「それにしても、なぜ火事が起きたのでしょう。奉行所のほうでも、不思議だと言っていると、紋七親分から聞きましたが」

清兵衛が、楽多郎に訊いた。

「さあてなあ……悪いことをしておったから、天罰が下ったのではないか」

楽多郎は、そらとぼけて答えた。

あやうく大火事になりそうな火の勢いだったのである。

火事のお膳立てを楽多郎がしたということが分かれば、奉行所の手が及ぶことは間違いない。下手をしたら、死罪である。しかも、放火した者は、火あぶりの刑に処せられることになっている。

(火で焼かれたらかなわん。くわばらくわばら)

楽多郎は、背筋に冷や汗が流れるのを感じた。

「腹巻さまが、紫雲斎を捕まえた洞穴ですが、どうやら、紫雲斎が信者たちに掘らせて作ったもののようですね。なにかあったときの隠れ家にするつもりだったようです。掘った信者たちは、行方知れずのようですが、殺されてどこかに埋められているという噂は本当でしょうか」

角右衛門が、楽多郎と清兵衛、どちらにともなく訊いた。

「紋七親分は、取り調べで、いずれ紫雲斎が白状するだろうと言ってましたよ。もし噂が本当なら、紫雲斎というのは、殺しもしていたことになります。ひどい男ですよ」

言ったそばから怖くなったのか、清兵衛がぶるるっと体を震わせた。

「おつねも誠一郎も、金はすべて払ったので、あとは殺されるだけだったのでしょうか」

角右衛門も青ざめて、体を震わせている。

「邪魔になったら、殺していたのかもなあ。殺されずとも、あのまま阿片を吸い続けていたら、頭がおかしくなってしまうだろうがな」

楽多郎の言葉に、角右衛門はさらに青くなった。

紫雲斎の用心棒である弦九郎が福之屋を訪ねてきたのは、紫雲斎が捕まってから四日後の夕刻であった。

「おお、おぬし、逃げはせぬのか」

店先で待っていた弦九郎に、出てきた楽多郎が話しかけた。

「俺はただの用心棒だ。しかも夜だけのな。紫雲斎のことで、俺が捕まるいわれはない」

「そういえば、そうか」

　楽多郎は、うなずくと、

「ところで、なんの用なのだ」

　弦九郎に訊いた。

「とぼけるな。お前との立ち合いは、中途半端で終わっておったではないか。つづきをしにきたのよ。噂で、紫雲斎を捕まえたのがお前だと知り、ここを突き止めたというわけだ」

「なんと……斬り合いをしにきたというのか」

「そのとおり。これからやろう。早く、刀を持って出てこい」

「断わると、言ったら?」

「この場で、刀を抜き、お前を斬るのみ」

「なんという奴だ、おぬしは。死に神のようだな。しかし、その顔つきは、本当に死に神そのものだなあ」

　眼窩《がんか》が落ち窪《くぼ》んだ彫りの深い顔は、骸骨に薄く皮を被せたようだと見えなくもないのである。

「俺が死に神か。ふふ……気に入った。これからは、死に神の弦九郎とでも名乗ろうか」

弦九郎は、にやりと不気味に笑った。

「仕方ない。刀を取ってくるから待っておれ。どこかじっくりと立ち合える場所へ行こうではないか」

楽多郎は、刀を取りに部屋へ戻った。

そのまま、裏口から逃げてしまおうかと思ったのだが、

「逃げるなよ。逃げたら、この店の者をすべて斬る」

弦九郎が楽多郎の背中に浴びせた一言で、逃げられなくなってしまった。


夕焼けに染まる空を、烏《からす》が数羽、丸く輪を描いて飛んでいる。

楽多郎は、近くの火除け地に、弦九郎を連れてきた。

赤く染まった空を見上げた楽多郎は、

(烏たちは、これからの斬り合いで、死んだほうの肉を食べに来ようという算段でもしているのか……)

食われるのは、自分のほうだろうなという気がしていた。

「刀を抜け」

すでに弦九郎は、抜刀し、青眼に構えている。

「気の早いことだな、綺麗な夕焼け空をこの世の名残に見ていたかったのだ」

楽多郎は、ゆっくりと刀を抜いた。

「この世の名残とは、物分かりがよいな。斬られるのは、自分だと分かっておるようだな」

弦九郎は、薄い唇をゆがめて笑った。

「そうかもしれぬ。だが、おぬしかもしれない。夕焼け空を見て損はないぞ」

「ほざけ」

言いざま、弦九郎の刀が、楽多郎に打ちこまれた。

ガッ！

楽多郎の刀が、弦九郎の刀をはじく。

夕焼けの中、ひときわ鮮烈な火花が散った。

再び、対峙する。

弦九郎が、また鋭い一撃を繰り出そうかというときである。

「弦九郎、ご用だ、ご用だ!」

バタバタと駆けてくる足音とともに、蛮声が鳴り響いた。

その声は、紋七だ。

そのうしろにも、捕り方たちが数人ついてきている。

「ちっ……俺をなんで捕らえようというのだ。おぬし、逃れるために、俺を売ったな」

「いや、そんなことはしておらんがなあ」

のんびり答える楽多郎を、キッと睨《にら》みつけると、

「面倒なことになった。また、今度、ゆっくりと立ち合おう」

弦九郎は言い捨てると、駆けだして行った。

紋七たちが楽多郎のところに来たころには、弦九郎の影も形もなかった。

「おぬしのおかげで助かったぞ」

笑いかける楽多郎に、

「礼なら、おみよさんに言ってくだせえよ。紫雲斎と一緒に悪事を働いていたに違い

ない弦九郎という浪人が、腹巻さまに因縁つけにきたと、あっしのところに走ってやってきたんですぜ。腹巻さまを助けてくれと泣きつかれたら、もうしかたねえ。弦九郎ってえ浪人が、悪事を働いたかどうかなんてどうでもいい。一肌脱ごうって気にもなろうってえもんじゃありやせんか」

楽多郎は、清兵衛に道場でのことを話した際に、弦九郎のことも話した。それを、おみよが聞いていたに違いない。

（おみよどのには、嫌われていたのだが、このところ風向きがぐんとよくなったようだの。もう少し、福之屋に厄介になろうと思っていたが、この分なら、当分面倒を見てもらえそうだわい）

楽多郎は、にんまりと笑った。

第五章　消えた女

一

福之屋の前で行き倒れがあったのは、卯月《うづき》の初めであった。

朝、外の掃除に出た丁稚《でっち》が見つけたときには虫の息で、清兵衛が店の奥に運び込ませて、医者を呼んだところ、なんとか持ち直したのである。

「どうも、このお人、どこかで見たような気がするのだが……」

翌日の昼になっても昏々《こんこん》と眠っている男を見て、清兵衛は首をひねった。

男は、行き倒れたくらいだから、頰はこけ、体の肉もそぎ落とされているが、骨は太く、もともとはかなり体格がよかったのだろうと思われた。

歳のころはまだ若く、三十手前のようである。

「大番頭さん、見た覚えはないかね」

清兵衛に訊《き》かれて、大番頭は、首を横に振った。

「そうか……では、店に来たお客ではないようだな」

大番頭は、たいがい清兵衛が応対した客の顔は覚えている。主人の清兵衛が自ら応対するのは、かなりの上客と決まっていた。

そこへ、手代の美濃吉が入ってきた。

医者から薬をもらってきたところである。薬といっても、まだ意識が戻らないので、湯に溶いて口から少しずつ流しこむしかない。

美濃吉は、薬を枕元に置いて、退出しようとしたのだが、

「おや？　このお方、どこかで……」

首をかしげたのである。

「おや、美濃吉、お前は、このお人を見たことがあるのだね。実は、私もなのだよ……ということは」

二人が見た覚えがあるということは、二月半ほど前、湯治に行っていたあいだかも

しれない。

「へえ。ですが、旅のどこで見たのかまでは……」

美濃吉も思い出すことができないでいる。

「箱根の湯治場でお会いしたのかな……」

湯煙の中で、見た人々の顔を思い浮かべてみるが、目の前の男は、その中にはいないようだった。

「道中かな……」

宿で話したことのある人々もけっこういたのだが、その中にいたのかどうかとなると、よく思い出せない。

清兵衛ひとりだけが、見たことがあるというのなら、気のせいで済ませられるが、美濃吉もなのである。

思い出さないと、何か大切なことを忘れたような、どうにも落ち着かない気分になってきた。

それは美濃吉とて同じで、思い出そうと、盛んに男の顔を見ながら首をひねっている。

「ひょっとすると、旅の後半のことなら、腹巻さまが覚えてらっしゃるかもしれないな。美濃吉、腹巻さまをお呼びしてきてくれないか」

「はい、分かりました」

美濃吉は、楽多郎の部屋へと向かった。

楽多郎は、昼餉《ひるげ》を済ませて、ごろりと横になり、昼寝を決めこんでいた。

気持ちよくまどろんでいたところを美濃吉に起こされたのだが、大きな欠伸《あくび》をすると、嫌な顔をせずに、立ち上がった。

「どれどれ、どんな顔かな。わしは、あまり物覚えがよくないから、会っていても分からぬかもしれぬぞ」

行き倒れの男が寝ている部屋に入ると、楽多郎は清兵衛に言った。

寝ている男のかたわらに座り、顔を覗《のぞ》きこむ。

「ふうむ……」

眉毛は太いほうで、鼻は大きく、唇は厚めで、顎《あご》はがっしりとしている。けっこうはっきりとした顔なのだが、ただ……、

「目を瞑《つぶ》っているからなあ。目を開けないものかな」

目を開くだけで、顔の感じがはっきりするのである。

楽多郎は、いきなり男のまぶたに両手を持っていくと、両方の人差し指と親指を使い、まぶたを引っ張って開けた。

目は出たが、それでは、自然に目を開いたのとはほど遠い。

「むむむ……」

手をひっこめると、腕を組んだ。

清兵衛は、楽多郎の行ないに呆気《あっけ》に取られていたが、

「覚えてはおられませんか」

ほんの少しの期待を籠《こ》めて訊いた。

「うむ……いや……うむ……」

何度も顔を左右に傾けて、楽多郎は男の眠っている顔を見ていたが、

「そうか!」

手をパンと打った。

「お、お分かりになりましたか!」

「おお、分かったぞ。この男、なんとかいう飴《あめ》屋だ」

「飴屋……ですか」

清兵衛は、ぴんとこない。

「旅の途中で会った飴屋といえば……川崎大師ではないでしょうか」

美濃吉の言葉に、清兵衛ははっと気がつき、

「あの、屋台の飴屋さんですね。腹巻さまが、ずいぶんと面白がられて……そうだ、美濃吉、包丁二本とまな板を持ってきてくれないか」

すぐに台所から、美濃吉が命じられた物を持ってくると、

「腹巻さま、たたいてくださいませんか」

楽多郎の前に置かせて言った。

「ここでいいのかな。せっかくよい気持ちで眠っておるのを起こしてしまうのではないのか」

「昨日の朝から眠りつづけておりますから、そろそろ目を覚まして、なにか食べていただいたほうが体によいと思うのですよ」

「そうか、では遠慮なくたたいてみるかな」

楽多郎は、包丁を右手で持つと、まな板に刃を打ちつけ始めた。

とんとことことこ、とんとことことこ……。

「こうだったかな……」

しばらくたたいて、調子が乗ってくる。

すると、左手でも包丁を握ると、
とんとことことこ、とんとことことこ、とんとんとん……。

右手の包丁と合わせて打ち始め、さらに、微妙に調子をずらしながら、たたいて行く。

とんとことことこ、とんとことことこ、とんことことこと……。

すっとんとことこ、とことことことん、すっとことことんとこ……。

六畳の座敷が、一瞬、川崎大師前の飴屋の屋台になったような、そんな音が響きわたったのである。

「う……う〜ん」

その音に、深い眠りの底から引っ張られたのか、寝ていた男が呻《うめ》いた。

すっとんとことこ、とことことことん、すっとことことこ……。

とんとことことこ、すっとんとことこ、とんとことことこ……。

さらに、楽多郎は調子よく包丁をまな板に打ちつけた。

すると、呻いたはよいが、まだ目の覚めていない男の手が宙に浮くと、包丁を握ったような形になり、楽多郎のたたく調子に合わせて、上下し始めた。

「やはり、この人は、飴屋さんのようですな……」

清兵衛が、しきりにうなずいて言った。

そのときである。

突然、寝ていた男は、包丁をたたく手振りをしながら、むっくりと起き上がった。

そして、目をぱっちりと開けると、たたく手振りを止めて、

「あれ……ここは、いったいどこです？」

きょとんとして、まわりを見まわした。

目は二重で大きく、このとき、川崎大師前で飴をたたいていた若者だと、清兵衛、美濃吉、楽多郎には、はっきりと分かったのであった。

二

飴屋の名前は、哲吉《てつきち》と言った。

哲吉は、名前を名乗っただけで、ほかの話をする余裕はなく、水を沢山飲み、食事も粥《かゆ》を沢山食べて、ようやく落ち着いた。

「命を救っていただき、なんと申してよいか。まことに有り難うございます」

がばとひれ伏した。

「いやいや、困ったときは相身互いです。ところで、なぜ川崎大師前で屋台の飴屋をやっておられたあなたが、この江戸で倒れていたのか、わけをお聞かせ願えないでしょうか。しかも、なんという偶然か、私どもの店の前でした。これもなにかの縁です。力になれることがあれば、労を惜しみませんよ」

清兵衛は、嘘でなく真剣なまなざしで、哲吉に持ちかけた。

「そう仰《おつしや》っていただけると、なんともありがたいことです。でも……実は、私が福之屋さんの前で倒れていたのは、偶然ではないのです」

哲吉は、詫《わ》びるように俯《うつむ》いて言った。

「ほう、それならばなおさら、わけを聞かずにはおけません」

清兵衛は、身を乗り出した。

楽多郎はというと、まだ包丁でまな板をたたいていたそうだったが、ようやく諦《あきら》めて、包丁を置いた。

「私は、もともとは飴を作る職人でしたが、自分でも飴を売りたくなり、屋台を出すようになりました」

地元でもある川崎大師の前は、絶好の売り場であったという。

飴の屋台を出したのは、いまから三年前。商売は順調で、一年ほど前から人を雇うようになった。もうひとりの飴職人と、売り子のおなごである。

「屋台を出し始めた三年前、おけいという女と知り合い、所帯を持ちました」

哲吉は、おけいの昔のことを知らない。どこか陰があり、なにか不幸な出来事を乗り越えてきたような気がしたが、あえて訊かなかった。

「誰だって、なにかを抱えていたりするもんです。おけいから言い出さないかぎり、なにも訊かず気にもしないでいようと決めていました」

所帯を持って二年、つまり一年前のことだが、とつぜん、おけいの姿が消えたのだそうである。

「ある朝、目が覚めてみると、おけいの姿がなく、豆腐かなにか買いに出ているんだろうと思っていたのですが、いつになっても帰ってこなくて、それっきりになってしまいました」

身のまわりのものも、ほとんど残したままで、神隠しに遭ったような、そんな気さえしたという。

一時は、やる気をなくしたのだが、すでに飴職人と売り子がいたし、彼らの励ましもあり、哲吉はなんとか商売をつづけ、やっと立ち直りかけていたところだった。

「ところが、つい十二日くらい前のことです。薬の行商をされている方がいて、いつも通りかかるたびに、道中に嘗《な》める飴を沢山買ってくださり、世間話をされていくのですが、この方が、おけいを江戸で見かけたというのです」

見かけた場所は、神田鍋町の往来だという。

「向こうから歩いてくるのは、おけいさんじゃないかと思って、声をかけようとしたんですが、なにせ沢山の人だし、大八車が勢いつけて通るもんだから、そいつを避けるために、ちょっと目を離したら、見えなくなっちまったんですよ」

おけいは、俯き加減で表情は暗く、質素なみなりで、風呂敷包みを抱えていたという。

薬売りは、なぜ江戸に、大師前の飴屋の女房おけいがいるのか妙に思ったが、他人の空似だろうと片づけた。

ところが、江戸を立って、飴屋に寄ると、いつも亭主の哲吉の近くにいて、売り子の手伝いをしているおけいの姿が見えない。

哲吉は、実家に帰っているのだと嘘をついたのだが、薬売りは、それを疑わず、世間ではよく似た人がいるもんだと、江戸でのことを話したのである。

激しく高鳴る胸のうちを隠して、哲吉は薬売りと応対したのだが、心はすでに江戸へ江戸へと逸っていた。

「二日ほど、江戸へ行きたい気持ちに抗っていたのですが、もう我慢できずに、十日前に、屋台はまかせて、ひとりで川崎を出てきたのです」

馬喰町に宿をとり、鍋町のあたりをうろついていた。

路上で、ばったりとおけいに会わないものかと期待してのことだが、それもなく、さらに運の悪いことに、掏摸《すり》に遭って、懐中の金を盗られてしまったのだという。

「それが六日前でしょうか……宿を出ざるを得ず、残った金で食べ物を買い、野宿をしていたのですが、昼は暖かくなったとはいえ、夜は冷えるし、そのうち食べ物を買う金もなくなってしまいました」

朦朧《もうろう》としながら、鍋町をおけいの姿を求めて彷徨《さまよ》っていたのだが、もう駄目だと倒れかけたとき、ふと、まな板を喜んでたたいていた浪人の姿と、屋台の飴を買ってくれた江戸の呉服屋のことが頭に浮かんだのだという。

「不思議なことですが、それまでは、まったく忘れておりました。とんとこことこ……と、まな板を嬉《うれ》しそうにたたいておられた、腹巻さまというご浪人のお名前と、福之屋さんというお店の名前が、どういうわけか、はっきりと思い出されたのです」

飴を買ったときに、世間話のついでに、清兵衛や楽多郎の名前と江戸の店を教えてくれたいたのであった。

哲吉の足は、自然と岩本町に向かった。

人に訪ねて歩いたのであるが、なかなか辿《たど》り着けず、夜になってしまった。

「それから先のことは、覚えてないのです。気がついたら、このお店の前に寝ていましたから」

おそらく、真夜中に、福之屋に辿り着いた途端、倒れたのだろう。

不思議なのは、木戸が閉まっていたのに、木戸番に見とがめられずに、入りこんだことである。

「妙なこともあるもんですなあ」

清兵衛がまたもや首をかしげているが、

「ひょっとすると、木戸が閉まる前に、入りこみ、この町内をうろうろしていたのではないか。まるで、美濃吉の夜歩きのようにな」

楽多郎が言うと、美濃吉が頭をかいて苦笑いした。

「いつまでも休んでいってかまいませんから、体を元に戻してくださいな。川崎までの路銀は、私が用立ててましょう。なに、返していただくのは、いつでもよいですよ」

清兵衛が申し出たが、

「ありがたいことです。でも、まだ江戸を離れたくはないのです。飛脚を飛ばして金を送ってもらいますから、宿へ移って、もう少し、おけいを探します」

哲吉は、表情を固くして言った。

「ふうむ、それほどにいいおなごなのか」

楽多郎が、目をぐりぐりとまわして、哲吉を見た。

「わ、私には、その、もったいないほどの……ですから、私に見切りをつけたのかもしれません。追いかけても始まらないので、無駄なことをしているのかもしれませんが……お恥ずかしいことです」

哲吉は、肩を丸くして小さくなっている。

「いえいえ、そんなに恥ずかしがることはありませんよ。この世は男と女、忘れられないおなごは、誰でもひとりはいるものです」

清兵衛が言うと、

「ほう、では清兵衛どのも、妻女のおふじどののほかに、忘れられないおなごがいるのだな。で、どんなおなごなのだ」

楽多郎が、興味丸出しの顔で訊いてくる。

「い、いや、そりゃ、若いときのことで、まあいろいろと……そ、そうだ、腹巻さまにもおられたでしょう。好きなおなごが」

清兵衛が返すと、一瞬楽多郎の顔が固まり、厳しい表情になった。

だが、すぐに元の茫洋《ぼうよう》とした顔に戻ると、

「……わしか……わしは、忘れたなあ」

天井を見上げて答えた。

「あと一晩、ご厄介になれれば、もう大丈夫です。明日は宿を移しますので」

哲吉が、済まなそうに言うのへ、

「いえいえ、店の前で倒れておられたのも、私どものことを覚えていただいたからのことです。商人にとってみれば、人さまに覚えてもらうということは、大変ありがたいことです。ですから、この縁を大切にしたいのですよ。江戸にいる間は、ここに泊まっていただきます。そして、内儀さんを探す手助けを、ぜひともさせてくださいませんか」

清兵衛は、真剣なまなざしで哲吉を見た。

「な……なんと、そんなもったいない」

哲吉は、思わぬ申し出に絶句した。

「そうまで言われては、断われぬぞ。江戸の商人の好意に甘えなくては、同じ商人として男がすたるというものだ。なに、わしなどは、商人ではなく侍なのだが、ずっと甘えておってだな、ただ飯を食いつづけておるのだ」

あははと、豪快に楽多郎は笑い、

「おぬしが、それでも断わるなら、わしの立場がなくなってしまうというものだ。だから、宿に泊まってひとりで探すなどとは言わぬでくれよ」

拝む真似をする。

「は、はあ……」

さすがに、哲吉も辞退できなかった。

三年前、飴の屋台をひとりで出し始めた哲吉は、目眩《めまい》を起こしてうずくまっていた女に声をかけた。

それがおけいである。

このとき、哲吉は二十三歳、おけいは、二十歳。

哲吉は、たちまちのうちに、おけいの美貌《びぼう》に惹かれた。

どこか儚《はかな》げで、陰があったが、そこがまた、放っておけない気持ちにさせられたのである。

また、おけいは、どことなく気品があり、武家の女かと思われたが、商家の娘で、店が潰《つぶ》れたあと、両親ともに死に、天涯孤独となり、住みこみで、宿屋で働いているという。

哲吉の気持ちに、おけいも応えてくれ、しばらくして、おけいは哲吉の住む長屋へ越してきた。

宿屋を辞め、屋台の手伝いもするようになった。

二年のあいだ、二人はともに暮らし働いた。

一所懸命に毎日を過ごしたので、あっというまのことだった。

おけいが突然姿を消したいまになって、

「あの二年は、本当に幸せでした」

と、哲吉はしみじみと思い返すことになったのである。

「妻女が姿を消す前に、なにか思い当たることはないのか」

楽多郎が、哲吉に訊いた。

「それが、なんども思い返してみたのですが、これといってないのです。喧嘩もしませんでしたし、私に不満を持っていたとも思えません。ただ、私が愚鈍で、気づかなかったのかもしれませんが……」

もともと、喜怒哀楽が激しいたちの女ではなかったのだが、姿を消す前に、とくに思い詰めていたようには見えないと言った。

「まわりで特に変わったことなどはなかったのか」

「それも……なにも思いつかないのです」

だからこそ、おけいがいなくなった驚きと、なぜなのかという気持ちが強かったのである。

「探す手がかりですが、似づら絵の上手い絵師を知っていますので、今夜か明日にでも、ここに来ていただきます」

清兵衛は、哲吉が思い出すおけいの顔を、絵師に描いてもらい、それをもとに探そうと言った。

「だが、ひとつ気に留めておかねばならぬことがあるぞ」

楽多郎は、おけいにどんな事情があるか分からない以上、大げさに探してしまうと、また姿をくらましてしまうかもしれないと言った。

「私に会いたくないから、逃げるというのですか?」

哲吉は不安そうだ。

「それは分からぬ……おぬしのことがどうこうではなく、ただ、以前の自分を知っている者に、居場所を知られたくないのかもしれぬ。そのわけは、おけいに訊いてみるほかはないのだが、まず、わしか清兵衛どのが会って、話を訊きだすのがよいだろうな。いきなり、おぬしが面前に現われたら、おけいは動転してなにも話さずに逃げようとするかもしれぬ」

楽多郎の言葉に、哲吉はしぶしぶながらもうなずいた。

三

その夜、村野麦堂《むらのばくどう》という絵師が福之屋を訪れた。

五十絡みの禿頭《はげあたま》の男で、頭をペシペシとたたきながら、絵柄をあれこれと思い描くのが癖らしい。

哲吉から、おけいの容姿を細かく聞きながら、頭をペシペシとたたき、料紙をじっと見つめる。そして、絵筆に墨を含ませると、一気に描く。

「目が少し違いますが」

哲吉の言葉に、料紙をぐしゃぐしゃに丸め、ぽいと捨てる。

そして、またペシペシと頭をたたき、絵筆を走らせた。

そうこうしながら小半刻《こはんとき》が経ち、おけいの似づら絵が出来上がった。

「ふむ、なかなかの器量よしだな。これなら、見かければすぐに分かりそうだ。早速、明日から、ぶらぶらとおけいを探しに歩いてみるぞ」

楽多郎は、似づら絵を見て言うと、

「それにしても、上手いものだな、絵師の先生。さすがだ。とりあえず、もう一枚描いてはもらえぬかな。いや、あと二枚か。水に濡《ぬ》れてしまうおそれもあるから、多ければ多いほどよい」

麦堂の禿頭を、大きな手で、パシパシッとたたいたものだから、麦堂は途端に仏頂面になった。

つぎの日の朝、

「もう体も元に戻りました。私も探します」

朝餉を済ませたあと、似づら絵を持って出かけようとしている楽多郎と美濃吉に、哲吉はすがりつくようにして言った。

清兵衛は、あと一日じっとしていたほうがよいと諭したが、哲吉は首を縦に振らない。

「まあ、自分の妻女だから、好きにさせたがよかろう。幸い、天気もよいしな。ただし、おぬしが顔をあまりに晒《さら》して探しまわると……」

「分かっております。うしろに隠れておりますので」

苦渋のにじんだ顔で答えた。

自分の妻女を探すのに、顔を隠すとは屈辱である。だが、もともと逃げられたことだけで辱《はずかし》めを受けたのだから、それくらいは甘受しようという気持ちがあるようだ。

哲吉は、倒れているところを運びこまれたとき、寝間着に着替えさせられていた。もともと着ていた小袖《こそで》は洗って乾いている。

だが、顔を隠すついでにと、清兵衛が自分の着物を貸した。すると、着物が地味なせいか、渋め好みの若旦那といった身なりの商人が出来上がる。

顔は、季節外れだが、襟巻きをして、その中に埋めるようにしている。顔の下半分が隠れる按配だ。

浪人者を先頭に、大店《おおだな》の手代、渋めの若旦那の三人が、一列になって岩本町の表通りを鍋町へと向かって歩いて行く。

気づいた者は、首をかしげたくなるような組み合わせだ。

鍋町に差しかかったとき、

「このままの三人では、目立ち過ぎます。別れて探したほうがよいように思えますが」

美濃吉が言い出した。

「うむ。それに、そのほうが短いあいだに広く探れるな。ただ、哲吉をひとりにするのはよくないぞ。おぬしと一緒がいいかの。手代を連れた若旦那といった風だな。若旦那は、うしろでそっくり返って、もっぱら手代が人に話しかけておかしくはない」

楽多郎の言うとおりに、二手に分かれることになった。

美濃吉と哲吉は鍋町の表通りを南へ、楽多郎は北へ。

似づら絵は、渋る麦堂に二枚描かせていたから、ちょうど足りる。

しかし、朝の鍋町に、悠長に話しかけられるような人は歩いてはいない。みな、せわしなく先を急いでいる。

店に入って訊くのがいいのだろうが、主人も奉公人も、忙しそうに立ち働いていて、声をかけにくい。

鍋町の表通りを歩いて行くと、通新石町《とおりしんこくちょう》まで来てしまった。

仕方なく、引き返し始めた。しばらくすると、向こう側から、美濃吉と哲吉が歩いてくるのが見えてきた。楽多郎と同じく、鍋町の端まで行き、また引き返してきたのだろう。

やはり声をかけづらいようで、ただ店の中を覗いたり、道行く人の顔を見ているだけである。

「どうだ、おけいのことで、なにか分かったか」

近づいてくる二人に、楽多郎は声をかけた。

「それが、声をかけづらくて……」

「わしもそうなのだ。まあ、もうひと踏ん張りしてみるか」

また、二手に分かれ、今度は楽多郎が南へ、美濃吉と哲吉は北へ歩き始めた。

道行く人々は相変わらずせわしないが、店のほうは、朝の準備の忙しさが一段落したようで、少し余裕が出てきつつあった。

（おけいは……三年前に二十歳だったのだから、いまは二十三か。そのくらいの女がよく入る店というと……）

目に入ってきたところでは、煮染め屋や小間物屋くらいしか思いつかない。

楽多郎は、すぐ近くにあるので、先に小間物屋に入ってみた。

「おい、景気はよいか」

いきなり、むさ苦しい無精髭《ぶしょうひげ》の浪人者に声をかけられて、丁稚は驚いた。

「お、おいらは、そんなことは……」

しどろもどろである。

「すまんすまん。おぬしに、そんなことを言っても分からぬよな」

楽多郎の胴間声《どうまごえ》に、店の奥から出てきた主人が、

「なにか入り用でしょうか」

楽多郎に、胡散《うさん》臭げな目を向ける。

「なに、冷やかしだ」

主人の目つきに気圧《けお》されたのか、出て行こうとして、

「いかんいかん、なぜ入ったのかのわけを忘れるところだったぞ。おい、主人、ちと訊きたいことがあるのだが」

「はあ……」

「実はな、二十三ほどの年増でな、少し暗い陰のあるおなごなのだが、この店にやってはは来なかったか？　名前は、おけいというが、ほかの名前を名乗っておるかもしれん」

「おけいという名のお人は、知りませんし、それだけでは、なんとも……」

「それはそうだな。はてさて、おぬしに、似づら絵を見せてもいいかどうかなのだが……」

　楽多郎は、主人の顔をじろじろと見た。

　主人は、剣呑《けんのん》な目つきが途端に弱気になる。八の字眉毛なのだが、余計に八の字を上に引っ張らせ、困った顔になる。

「ああ、もう面倒くさい。見せてしまえ」

　楽多郎は、懐から料紙を出すと、

「このおなごなのだが、おぬし、知らぬか」

主人の目の前にかざした。

「はあ……このお人なら、なんどかお見かけしたことがあります」

「そうか！　なにせ器量がよいからな。おぬしも、見とれておったのだろう。男は、みなそういうものよ。恥ずかしがることはないぞ」

「な、なにも、そのような……」

主人は、呆気にとられて、さらに八の字眉毛が上に引っ張られ、情けない顔になっている。

「で、どこに住んでいるのか分かるか。いまなんと名乗っているのだ？」

勢いこんで訊く楽多郎に、

「この店に入ってきたことが二度ほどで、あとは往来でお見かけしたくらいなのです。ですから、そのようなことは分かりません」

にべもなく答えた。

「むむう……」

がっくりと肩を落とし、分かりやすく落胆の様子を見せた楽多郎は、しばしそのまま動かずにいたが、

「なにを買ったのだ」

顔を上げて訊いた。

「は？……なにを……で、ございますか。そうですね、たしか……」

主人は、しばらく思い出そうとしていたが、

「いやあ、忘れてしまいました。とんと思い出せません」

きっぱりと言った。

「なんとか思い出せないのか」

「なんとも無理です」

「まあいいか」

なにを買ったかが分かったところで、おけいの住む場所が判明するわけではないのだ。

「じゃあな」

と言って、店を出て歩いていた楽多郎に、

「おじさん」

後ろから子どもの声がした。

見れば、丁稚が店から出て、楽多郎を追いかけてきたようだ。

「おいら、思い出しました。その女の人は、針と糸を買いましたよ」

と言ってくれた。

「ほう、繕いものでもするためかな」

「へえ、沢山買っていきましたよ」

「おい、牛松！　なにをやってる、店に戻りなさい」

店から主人の声がした。

「ありがとうな。これは駄賃だ」

帰ろうとする丁稚に、楽多郎は小粒を渡した。

嬉《うれ》しさで跳ねるように駆けながら、丁稚は店に戻って行った。

四

楽多郎は、路地に入って行った。

（沢山の針と糸を買ったということは、ただの繕《つくろ》いものではないな。ひょっとすると、

仕立て直しのような、仕事をしているのかもしれぬぞ）

と思い『仕立て直し』の看板を探して歩く。

看板が出ていなくては、仕方ないが、いまはそれが一番の近道のような気がしたのである。

往来や、ほかの店で聞きまわるのは、美濃吉と哲吉にまかせておけばよい。

すると、ひとつ路地を入ってすぐに目指す看板があった。

古びた看板だが、腰高障子をたたき、

「ちょいとおたずねしたいのだが」

声をかけると、

「はいな。ちょっくら待っておくんなさいよ」

ガタピシと腰高障子を開けて、老婆が顔を出した。

「表に看板があるが」

「はいな、あたしがしているのですよ。お侍さん、なにか繕ってもらいたいのかね。すぐにできるよ」

「いやいや、いまはよいのだ」

「では、なにしにきたのだね。口説こうったって、あたしにゃ、あの世で亭主が待ってるからね」

「残念だな。それは諦めるとするが、ここらで仕立て直しの仕事をしている女で、このようなおなごはいないかな」

おけいの似づら絵を差し出した。同じ仕事をしている者なら、顔見知りかもしれない。

老婆は、顔を遠ざけ目を細くして、絵を見ていたが、

「ああ、よく似ているね。これは、おみねさんじゃないか」

「おみねというのか。どこにおるのだ」

「どこもなにも、この先の市兵衛長屋にいるよ。あたしだけで手いっぱいのときに、手伝ってもらうのさ」

「おみねの仕事は、それだけか」

「だと思うよ。金貸しの取り立てやってる亭主がいっからな……」

と言ったとき、老婆の顔が強張った。

「亭主がどうかしたのか」

「あ？　いやなに、なんでもないよ。余計なこと言っちまったよ。あんた、おみねさんに用があんなさんのか」

「うむ、まあな」

「あたしが、教えたなんて言うなよ。なにされっか分からないからね。もう、なんにも訊くなよ」

「亭主が怖いのか」

「だから、なんにも訊くな」

老婆は、ぴしゃっと腰高障子を閉めた。

（剣呑なことだな……）

楽多郎は、にやりと笑うと、老婆の言った市兵衛長屋へ向かった。

木戸番に訊くと、おみねの部屋はすぐに分かった。

亭主というのは、町人かと思ったら、浪人者だという。

「悪いことは言いやせんから、このまま帰ったほうがいいですよ」

木戸番の男は、楽多郎の身を案じるように言った。

「それほどに凶暴な男なのか」

「へえ。始終、酒かっくらってて、機嫌が悪いとなにするか分からないんですよ。懐具合はけっこうよさそうですが、おみねさんは、よくあんな男と暮らしてますよ。なんでかねえ……あ、私がこんなことを言っていたことは内緒にしてくださいよ」

「案ずるな」

楽多郎は、教えられた部屋へと歩いて行った。

腰高障子の前で中の様子をうかがう。

ひっそりとしてはいるが、人の気配がした。

楽多郎は、腰高障子をたたく。

「はい……どなたですか」

中から、かすれた女の声が応えた。

「わしは、腹巻という浪人者なのだが、あんたはおみねさんかな」

「ええ……少しお待ちください」

座敷から土間に降りる気配がし、すぐに腰高障子が開いた。

顔を覗かせたのは、村野麦堂の描いた似づら絵とそっくりの、器量はよいが、少し陰のある女だった。

「いったいなんの用でしょう」

訝《いぶか》しげに楽多郎を見て訊く。

「あんたの名前は、おみねというそうだが、おけいともいうらしい。いったい、どっちが本当の名前なのだ」

楽多郎の問いに、女の顔が驚きに歪《ゆが》んだ。

「あ、あなたは、いったい……」

あわてて、外をうかがうと、

「と、とにかく、入ってください」

楽多郎を中へ押しこめるように入れると、腰高障子を閉めた。

「もうすぐ主人は帰ってきます。なぜ、あなたは私の名前を……いったい、なんの用があるのですか」

切羽詰まった顔で訊く。

「わしは、哲吉があんたを探す手伝いをしておるのだ」

「て、哲吉さんの！」

女の表情が、あわただしく変わった。哲吉の名前を聞いて、喜びと恐れと落胆が激しく顔をよぎったのである。

「それで、哲吉さんは……」

「近くにおる。すぐに会わせることもできるのだが」

「い、いけません。それはいけません」

女は、激しくかぶりを振った。

「なぜなのだ」

間の抜けたような声で、楽多郎が訊いた。

「も、もし、哲吉さんが近くまで来ていると知ったら、しゅ、主人が、哲吉さんを……」

殺してしまうと、女は言った。

「それはなぜなのだ」

楽多郎の問いに、女は、亭主の影に怯《おび》えながら、早口に答えた。

女は、本名を峰といい、ある藩の武家の出だった。

親の薦めるままに、藩士村上巳之助《みのすけ》と所帯を持ったはいいが、その男は酒癖が悪かった。

酒の席で口論となった同輩を斬《き》り、藩を出奔したのだが、そのとき峰を強引に連れ出したのである。

それから、二人の旅暮らしが始まったのだが、巳之助は、酒を飲んでは暴れることが多くなり、峰は、ときには腫れて目が開けられないくらい殴られた。

そんな暮らしに嫌気がさし、ある日のこと、峰は逃げ出した。

川崎へ逃れ、名前をおけいと変えて、宿屋に住みこんで働いた。そのときに、哲吉と出会ったのである。

昔を棄てたかったので、商家の娘だったと嘘をつき、幸い、哲吉は詳しく聞き出そうとしなかった。

それからの二年間、幸せな日々がつづいた。

ところが、一年前、ひとりで買い物に出ていたときに、ばったりと村上巳之助に会ってしまったのである。

巳之助は、自分と同行しろと迫った。そして、同行をしなければ、いま一緒に暮らしている哲吉を斬ると脅した。

実は、巳之助は、前日に飴屋の屋台で峰を見て、どんな暮らしをしているのかまで探っていたのであった。

巳之助は、峰がひとりで逃げ出しても、哲吉を斬ると言い、目の前から峰がいなくなったときが、哲吉の命日になるだろうと言い切った。

こうなると、峰は巳之助と一緒に行くしかなかった。

それほどに、哲吉が峰にとって大切な男になっていたからである。

「お分かりになりましたら、早くここを出て、二度と姿を見せないでください。哲吉さんには、おけいは見つからなかったと仰ってください。巳之助の剣の腕は、藩でも一目置かれておりました。ですから……」

「むむ……そんな男に刀を抜かれたら、ひとたまりもないな。くわばら、くわばら。では、御免」

楽多郎は、さっさと部屋を出た。

木戸をくぐって路地の外に出たとき、昼間だというのに、顔を赤くした浪人とすれ違った。

痩《や》せて枯れ木のような体だが、じろりと楽多郎を見た目は、狂犬のそれに似ていた。

楽多郎は、素知らぬ顔で通りすぎたが、ひやりと背筋が冷たくなった。

峰が恐れる気持ちが分かると思った。

五

その日の夜、神田鍋町の料理屋亀屋では、主人の亀蔵が、うんざりした顔で、客の帰るのを待っていた。

もっとも、その顔を客には見せない。

「おい、酒をもっと持ってこい」

客が声をかけると、

「へいへい」

と、笑顔を見せ、燗酒《かんざけ》をいそいそと運ぶのである。

その客は、村上巳之助だ。一月前に一度、ほかの客がからんだときの凄《すさ》まじさが、亀蔵の頭から離れない。

刀の鐺《こじり》で肩を砕かれた客は、いまだに床から離れられないという。

巳之助がいると、ほかの客が寄りつかないのだが、巳之助はというと、毎日のごとく現われる。

(これじゃあ、商売上がったりだ)

店は十人ほどが座れるのだが、ほかに客の姿はない。

亀蔵は、巳之助に聞こえないように溜め息をついた。

四つを過ぎて、巳之助は、ようやく腰を上げた。

亀蔵は、巳之助の姿が見えなくなるのを見計らって、外へ塩を撒《ま》いた。

月に雲はなく、長屋へぶらぶらと歩いていく巳之助の影は濃い。

ずいぶん酒を呑んでいたようだが、足元にふらつきはない。

四つを過ぎているせいか、あたりに人影はなかった。

堀にさしかかったときである。

ゆらり……と、堀脇の楓《かえで》の木陰から出てきた男があった。

「村上巳之助だな」

どこか間の抜けた茫洋とした声である。

月の光が照らした顔は、腹巻楽多郎だ。だが、巳之助は、楽多郎のことを知るよしもない。

「そうだが、それがどうした。お前は誰だ」

足を止めて、巳之助は誰何《すいか》した。

「わしは、腹巻楽多郎と申す。実はな、頼みたいことがあるのだ」

「ふざけた名前だな。どうせ嘘の名前だろう。お前は、ひょっとして追手か」

「藩からの追手かと思ったのか。だとしたら違う。わしは、峰どのから手をひいて、どこかで腹を切ってくれと頼みにきたのだ」

楽多郎の言葉に、一瞬、ぽかんと口を開けた巳之助は、

「そうか。どこかで見たと思ったが、昼前に長屋の木戸ですれ違ったな。わしと峰の部屋に行っておったのか。そういえば、峰の様子がちとおかしいと思ったのよ。いったい、お前は峰とどんな掛かり合いがあるというのだ。答によっては……いや、どんな答だろうと、お前の命はない」

巳之助は、鯉口《こいぐち》を切ると、

「わけを話せば、腕一本で済ませてやってもよいぞ」

いいざま、刀を抜いた。

刀身が、月光を浴びて、妖しく光る。

「怖いお人だなあ。そうやって刀にものを言わせて、峰どのを好きにしてきたようだな。だが、いまからそれは通らぬ」

「お前が、通らせぬとでもいうのか。莫迦《ばか》な」

巳之助は、中段に構えると、せせら笑って言った。

「莫迦なんだよ、わしは。無駄な血を流そうというのだからな」

楽多郎も、抜刀した。

「しゃらくさいわ」

巳之助の刀が、うなりを上げて楽多郎に襲いかかった。

楽多郎は、ただボーッと立っているかに見えたのだが……、
ズザッ！

肉を断つ音がしたかと思うと、

「ぐほっ」

巳之助の口から血がほとばしり、前のめりに倒れこんだ。

すでに二人の体は入れ代わっている。

楽多郎は、ふうっと深い溜め息をつくと、懐紙を取り出し、念入りに刀についた血

と脂を拭《ぬぐ》った。

（もう二度と人を斬りたくはないと思っていたが……やむを得まい）

懐紙を堀に投げ捨てると、とぼとぼとした足どりで歩きだした。

巳之助の開いたままの目は虚ろで、体の下に血溜まりが広がって行く。

「峰どの……いや、おけいさん、いるなら返事をしてくれ」

市兵衛長屋にやってきた楽多郎は、腰高障子越しに声をかけた。

部屋の中は、しんとして音もない。

気配は……と、うかがってみるが、それもない。

だが、異様なものを部屋の中に感じた楽多郎は、

「御免」

腰高障子を、がらりと開けた。

楽多郎は、闇の中を透かし見て、

「おけいさん！」

一気に土間から座敷へ駆け上がった。

おけいは、いるにはいたが、突っ伏したまま動かない。

手さぐりで火打ち石を探し、行灯《あんどん》にあかりを灯すと、真っ青になったおけいの顔が浮かんだ。

「おい、しっかりしろ」

体を仰向《あおむ》けにして揺すぶり、胸に耳を当てた。

かすかだが、鼓動がする。

体に傷がないのを確かめると、楽多郎は、杓《ひしやく》で瓶から水をすくって、おけいの口に流しこんだ。

つぎに、おけいをまたうつ伏せにすると、喉の奥に指をつっこんだ。

おけいは、体をぴくっと痙攣《けいれん》させ、呻くと、腹の中のものを吐き出した。

「猫イラズのたぐいだな。早く見つけて吐き出させたからよかったが、あと少し遅かったら、命はなかったぞ」

清兵衛に呼んでもらった医者の言葉である。

楽多郎は、吐き出せるだけ吐き出させると、意識のなくなったままのおけいをそのままに、医者を呼びに走ったのである。

とはいっても、夜更けに呼び出せる医者など、楽多郎は知らない。

幸い、岩本町は近くなので、福之屋へ戻り、清兵衛をたたき起こした。

清兵衛が駕籠《かご》を呼び、医者の手配をしてくれたのである。

あまり騒ぎ立てなかったので、奥で寝ている哲吉を起こすことはなかった。

医者は、さらに水を沢山飲ませて吐かせた。

かなり苦しんだおけいは、疲れ果てて昏々と眠っている。

医者が帰ってのち、おけいの顔を見て、

「莫迦なことを。せっかく、わしがお前と哲吉のために、嫌なことをしたというのに、死んでしまっては、無駄ではないか……」

楽多郎は、口をとがらして文句を言った。

翌朝になり、清兵衛が話したのか、哲吉が市兵衛長屋へ走ってきた。

「お、おけい！」

部屋に飛びこんできた哲吉は、眠りつづけているおけいに呼びかけたが、眠りから覚める気配はない。

「な、なんで……こんな」

哲吉は、悄然《しょうぜん》として、おけいの顔を見つづけている。

壁にもたれて眠っていた楽多郎は、目を覚ますと大きな欠伸をした。

「おおかた、お前を守るためにしたことだ」

「え？　な、なぜでございます？」

食いつかんばかりの哲吉を手で制すと、楽多郎は、おけいの昔のことを話して聞かせた。

哲吉は、驚いた表情で聞き入っていたが、

「そ、その巳之助という侍、ただじゃ置かねえ。いったい、どこにいるんですか。ここに連れてきてください」

殺気を目にみなぎらせて言った。

「いや、巳之助はだな、どうやら辻斬りに遭って事切れたようだ。案ずることはないぞ」

「つ、辻斬り……そ、そんな都合のいいことが……」

「世の中には、あるんだよ。都合のよいこともな。悪いことだってたくさんあるのだ。せっかく辻斬りに遭って巳之助が死んだというのに、おけいは、お前を守るために死のうとしたのだからな。……だが、助かったのだから、けっきょくはよかったのか」

あははと、楽多郎は笑った。

「しかし、武家の女らしく、首を突かれたら助からなかったろうな。懐剣のたぐいは持っていないようだが、包丁でもできる。それをしなかったのは、おそらく、武家の女としてではなく、商人の妻として死にたかったのかもしれぬぞ」

しばらく間を置き、

「うがったことを言ったが、当たっているような気がするな。わしも、たまには頭がよくなると見える」

うんと、得意気にうなずいた。

哲吉はというと、

「おけいが死ねば、私がいくら探しても見つけることはできないから、巳之助に殺されることもない……と思ったのでしょうか」

おけいを見て、涙をぽとりと落した。

「まあ、そんなところだろうな。こんな苦しい目に遭っても、おぬしが生きているというのが心の支えだったのだろう」

「だからといって……莫迦だ、莫迦だよ、おけい」

哲吉の目から、ぽとりぽとりと涙がつづけて落ちた。

「おいおい、泣いてたって、目は覚めぬぞ」

「では、いったいどうやって……」

「そうさな。まな板と包丁を台所から持ってまいれ。包丁は二本だ」

訝しげな表情で、まな板と包丁を持ってきた哲吉は、

「包丁は一本しかありませんでした」

憮然《ぶぜん》として答えた。わけを訊く気力も湧いてこないらしい。

「ならば、わしは脇差を使うか。武士の魂に申しわけないかな。まあ、この際、いいだろう」

脇差を抜くと、

「飴を切るのだよ。飴があればよいが、ないから、切る真似だ。音を出すのだ。深い眠りの淵《ふち》にいる、おけいの魂に音を聴かせるのだ」

楽多郎は、まな板に脇差を打ちつけた。

とんとことこ……。

哲吉の顔に、パッと明かりが差した。

「腹巻さま、調子が悪いですよ。こうたたくのです」

とんとことこ、とんとことこ……。

楽多郎が、それに合わせる。

すると、哲吉が、

すっとんとことこ、とことことことこ……。

調子を少しずらせて、包丁をたたく。

とんとことこ、すっとんことこと、とんとことこ……。

すっとんとことこ、とんとことこ、すっとんことこと……。

裏長屋に、川崎大師前の飴屋の屋台が出現したかのように、飴を切る音が響きわたった。

どのくらい経ったのか……いい加減、包丁と脇差でまな板をたたく手が痛くなってきたころあい、ぱっとおけいの目が開いた。

哲吉を見て、おけいの顔に笑みが広がった。

六

哲吉とおけいが手に手をたずさえて、川崎へ帰ってから数日経った。

いつものように昼餉のあとの昼寝を楽しんでいる楽多郎の部屋へ、ずかずかと紋七が現われた。

「旦那、どうやら村上巳之助の件は、下手人が分からず仕舞いになりそうですぜ。本当に、あの夜、旦那は怪しい者を見かけなかったんでやすか」

険しい目つきで、紋七が言った。

「あのときは、なんとしてでも、おけいさんを哲吉の元に連れて行ってやろうと必死でな。誰かとすれ違っても、目に入らなかったのだ」

頬をぽりぽりとかきながら、楽多郎はふわあっと大欠伸をした。

おけいと暮らしていた巳之助が死に、哲吉が現われたことを、役人が怪しまないはずはなかったが、哲吉が巳之助を殺せるとは思えない。

楽多郎にも疑いがかかったが、差し出した大刀に曇りはなく、外見では、剣の腕前はさほどとは見えず、さらに、哲吉とおけいのために巳之助を斬るほどの義理はないだろうということで、放免されたのである。

実は、楽多郎の差し出した大刀は、おけいが目を覚ました直後に、楽多郎が質屋で手に入れてきたものだった。

角右衛門の妻子を助け出したときに、角右衛門から、いくばくかの礼金を受け取っていたのだが、それが刀を買うときに役立ったのである。

巳之助を斬った刀は、幸い刃こぼれもないので、あとで念入りに手入れをするつもりで、隠してあった。

新たに手に入れた刀は、再び質屋にでも入れるつもりである。

紋七から辻斬りの話を聞いた清兵衛は、わけは分からないが、辻斬りをしたのが、楽多郎かもしれないと不安になったが、放免されたことで安心した。

「もう一度たしかめてこいと言われたもんでね。まあ、巳之助が死んで、あのあたりの者は喜んでいるくらいでやすから、これでいいんですがね。じゃあ、御免なすって」

紋七は、さっさと帰って行った。

「あわただしい奴だの」

楽多郎は、ふたたび横になったが、

「あの……腹巻さま」

こんどは、女の声が襖《ふすま》の向こうでする。

清兵衛の娘、おみよのようだ。

「おや、なにかな。お入りになってくだされ」

楽多郎は、身を起こして応えた。

襖を開けて入ってきたおみよは、

「実は、腹巻さまにご相談が……」

伏目がちに言う。

「なんなりと言ってくだされ。だが、わしの足りない頭では、大したことは助言できぬがな」

「そんなことは……あの、私に縁談がありまして……」

「ほう、それはそれは。ゆくゆくは店を継がねばならぬのだから、よい婿がおれば、清兵衛どのも喜ぶであろうなあ」

応える楽多郎を、おみよは顔を上げ、じっと見て、

「私、その縁談に乗り気ではないのです」

ますます睨《にら》みつけるような目になる。

「ほう、それはまたなぜかな」

「私には、心に決めたお方があるのです」

「なんと……それは、大工の太助かな？」

「軽口をたたかないでください。太助なわけがありません。太助は、私のことは諦めて、棟梁の娘と一緒になるそうです」

「本当か……では、おみよどのが心に決めた人とは、どのようなお人なのかな。わしには見当もつかぬが」

それには応えず、おみよは、楽多郎をじっと見たままだ。

楽多郎は、ごほんとひとつ咳をすると、

「いや、言いたくない気持ちは分かるぞ。わしなどに言っても始まらぬからな。まあ、一生のことだ。慎重に考えぬとな」

「ですから、私は決めたのです」

ずいっと膝を前に進めて、おみよは言った。

楽多郎は、おみよの気迫を感じ、うろたえ気味に身をそらす。

そのとき、

「旦那、忘れてました」

紋七が、またも部屋に入ってきた。

「あれ、お嬢さん、なにか話でもあったんでやすか。すみやせんね。あっしは、また
あとで……」

「待て待て。辻斬りのことか。ならば、早く話をせねばな。というわけで、おみよど
の……」

「…………」

おみよは、キッと楽多郎を睨むと、目にうるうると涙をにじませた。

「ど、どうしたのだ、おみよどの」

「知らない！」

おみよは、立ち上がると、小走りに部屋から出て行った。

「いってえ、どうしたってんです、お嬢さんは」

「さあて、わしには、年若いおなごの気持ちは分からぬよ。なにか、無粋なことを言って、機嫌を損じたのだろう」

「そうでやしょう。旦那もあっしと同じで、女の気持ちが分かるはずもねえ」

「おぬしと一緒にするな。で、なんの用だ?」

「そうそう、どうもこのごろ、このあたりで、旦那みたいな背格好の浪人を探しているお武家が何人かいるようなので、お耳に入れておこうかと思いやしてね。そのお武家たちは、みな殺気立ってるんでやす」

「殺気立っているとは……わしのような浪人を斬ろうということかな」

「どうもそうなんで。なにか深いわけがあるようなんでやすが、それについてはなにも言わずに、とにかくこのような奴がいたらと、似づら絵を出すんでやすが、それが、旦那をかなり若くして、瘦せさせたらこうなるんじゃねえかと言うような……ですから、勘違いされたら、旦那も迷惑だろうと思いやしてね」

「ふうむ……勘違いでなかったら、どうする?」

「へ? ですがね、その武家たちが言うには、探している男は、見れば、たちまちのうちに凄腕の剣客《けんかく》だと分かる物腰をしているそうなんでやすよ。旦那は、どうしたって、そうは見えねえでやしょう?」

「そりゃ、そうだ。わしもなりたいものだな、見ただけで、凄腕の剣客と分かる侍にな」

「それには、まず剣の稽古をしなくちゃいけやせんぜ。昼寝ばかりじゃ、腕も上がらねえってもんでやす」

「そりゃ、そうだ」

楽多郎は、わははと笑って頬をぽりぽりとかいた。


その夜も更けたころあい。

風が強く、月に叢雲《むらくも》がかかったかと思うと、また晴れる。

やけに暖かな夜で、月の妖しい光があわただしい雲のために、差したり消えたりするので、どこか不吉さが漂っている。

九つの鐘が鳴り、しばらくして、福之屋の勝手口から、手に風呂敷包みを持ったひとりの男が音もなく出てきた。

男は、福之屋に向かって、深々と辞儀をした。

月の光が、顔を上げた男の顔を一瞬照らし、また雲で陰った。

男は、腹巻楽多郎である。

人っ子一人いない通りを、悠々と歩き去って行く。

神田川を前にした道に出て、首を巡らせていたときである。

「おい、ここだ」

声がするほうを見ると、月の光が、骸骨のような顔を照らした。

「弦九郎……」

楽多郎が、腹を斬られた相手である。

「果たし状は渡ったようだな」

昼間、弦九郎が、丁稚に駄賃を渡して楽多郎に届けさせたのである。

「わしは、おぬしと立ち合いたくもないのだが、逃げたら、福之屋を皆殺しにするとは、なんともひどいことを……」

「そうでも書かぬと、おぬしが逃げ出すと思ったからよ」

「それは当たっておるな。果たし状がなかったら、ここへは来ずに、さっさと夜逃げするつもりだったのだ」

「夜逃げ？　福之屋にいづらくなったのか」

「まあ、そんなとこだ。なかなか生きるのは面倒なものだぞ」

「それは案ずることはない。俺がお前を冥土《めいど》に送ってやる。こっちへ来い」

弦九郎は、川端へと降りると、ついて来る楽多郎を振り向いた。

「おぬし、この前と違って隙がないな」

首を傾げて言った。

「あのときは、腹が空いておったのだ。力が出ずに弱ったよ」

「ますます面白いぞ」

弦九郎は、舌なめずりをして言った。

「おぬし、斬り合いが面白いとは、ちとおかしいな。剣術に人の魂を持って行かれたのか」

「そうかもしれぬ」

弦九郎は、にやりと薄い唇で笑うと、刀を抜いた。

楽多郎も、風呂敷包みを脇に置くと、抜刀する。

弦九郎が裂帛《れっぱく》の気合いを籠《こ》めて、打ちこんできた。

キンッ！

刀と刀が火花を散らした。

つづく弦九郎の攻めを、楽多郎が受ける。

ぱっと離れて向かい合ったのも束の間、弦九郎が凄まじい勢いで、楽多郎に襲いかかった。

ギンッ！

弦九郎の刀を受け流すが、瞬時に二の太刀が繰り出されてくる。

巳之助などとは、桁違《けたちが》いの腕前だ。

楽多郎は、渾身《こんしん》の力をふりしぼって二の太刀を大きくはじいた。

「くっ」

はじく力の思いがけない強さに、ほんの少しだが弦九郎の体が泳いだ。

その隙を見逃さず、楽多郎の刀が飛燕《ひえん》のごとくに弧を描いて、弦九郎の胴をなぎ払った。

「ぐはっ」

弦九郎は、それでもなお、刀を楽多郎に向けて振るったが、虚しく宙を斬ったに過ぎない。

「つ、強いな、おぬし……」

呟《つぶや》きながら、弦九郎の体が崩れていった。

どおっと、横倒しになった弦九郎の目が、急速に光を失っていく。

「暗い……暗いぞ。俺は死ぬのか」

最期に、ふふっと笑って、弦九郎は息絶えた。

「また、嫌なことをしてしまったなあ……」

楽多郎は、溜め息をつくと、懐紙で刀を念入りに拭《ふ》いた。

刀を鞘に納め、弦九郎の死骸に手を合わせる。

「おぬしの剣は、人を斬るためのものだったようだな。乱世なら、剣を使って出世したものを。こんな泰平の世に生まれては、おぬしの剣は邪剣になるしかなかったのかもしれぬなあ……」

深い溜め息をつくと、楽多郎は、風呂敷包みを持って歩きだした。

ふと、楽多郎は、福之屋のある方角を振り向くと、

「おみよどの、わしも所詮《しょせん》は人斬り。婿にはなれぬ身だ。すまんの。幸せになってくれ」

寂しげにつぶやいた。

風はいちだんと強くなり、雲の流れは速さを増した。

さえぎる雲のために、月は隠れたり顔を出したりと忙《せわ》しなく、そのたびに、楽多郎の姿が浮かんでは消えた。

どこへ行くのか、楽多郎にも分かってはいない。

ときは、文政六年卯月半ば、長雨の降りつづく直前であった。

芦川淳一　著作リスト

	作品名	出版社名	出版年月	判型	備考
1	『包丁浪人　ぶらぶら長屋始末帖』	ワンツーマガジン社	○六年六月	ワンツー時代小説文庫	書下し
2	『似づら絵師事件帖　喧嘩長屋のひなた侍』	双葉社	○七年五月	双葉文庫	書下し
3	『福豆ざむらい事件帖　魔除け印籠』	学習研究社	○七年九月	学研M文庫	書下し
4	『似づら絵師事件帖　蝮の十蔵百面相』	双葉社	○七年九月	双葉文庫	書下し
5	『似づら絵師事件帖　人斬り左近』	双葉社	○七年十二月	双葉文庫	書下し

6	『似づら絵師事件帖　影の用心棒』	双葉社	○八年三月	双葉文庫	書下し
7	『福豆ざむらい事件帖　春雨の桜花』	学習研究社	○八年四月	学研M文庫	書下し
8	『似づら絵師事件帖　果たし合い』	双葉社	○八年六月	双葉文庫	書下し
9	『おいらか俊作江戸綴り　若竹ざむらい』	双葉社	○八年十月	双葉文庫	書下し
10	『おいらか俊作江戸綴り　猫の匂いのする侍』	双葉社	○九年二月	双葉文庫	書下し
11	『うつけ与力事件帖　皐月の空』	学習研究社	○九年五月	学研M文庫	書下し
12	『おいらか俊作江戸綴り　惜別の剣』	双葉社	○九年六月	双葉文庫	書下し
13	『朝露の楽多郎　ぞろっぺ侍』	徳間書店	○九年七月	徳間文庫	書下し

この作品は徳間文庫のために書下されました。

徳間文庫をお楽しみいただけましたでしょうか。どうぞご意見・ご感想をお寄せ下さい。
宛先は、〒105－8055　東京都港区芝大門2－2－1　㈱徳間書店「文庫読者係」です。

徳間文庫

朝露の楽多郎

ぞろっぺ侍《ざむらい》

2009年7月15日　初刷

著者　芦《あし》川《かわ》淳《じゅん》一《いち》

発行者　岩渕　徹

東京都港区芝大門二—二—二〒105—8055

発行所　株式会社 徳間書店

電話　編集〇三(五四〇三)四三五〇
　　　販売〇四八(四五一)五九六〇

振替　〇〇一四〇—〇—四四三九二

印刷　株式会社　廣済堂

製本　株式会社宮本製本所

ISBN978-4-19-892954-1　(乱丁、落丁本はお取りかえいたします)